满庭芳文萃

嵩阳闲人笔记

薛明辉 著

（第三卷）

中国纺织出版社有限公司

内 容 提 要

豫西山区,嵩阳城中,芸芸众生的悲喜遭遇;饮食男女,人间烟火,用文字记述美食特色。"嵩阳故事"描写了一个叫"嵩阳"的地方,那里生活着善良淳朴的人们,作者通过白描的手法细腻记述下他们的悲喜遭遇、他们的言谈举止,字里行间让人领略人与人之间的真善美;"人间烟火"中收录的是作者的美食文章,虽然都是些寻常食物,但在作者的笔下,却显得有滋有味。轻松的笔触,为读者展示了一幅幅美食画卷,温情的文字背后,是一颗热爱生活的心。

图书在版编目(CIP)数据

嵩阳闲人笔记. 第三卷 / 薛明辉著. -- 北京:中国纺织出版社有限公司,2024.2
(满庭芳文萃)
ISBN 978-7-5229-0965-3

Ⅰ. ①嵩… Ⅱ. ①薛… Ⅲ. ①散文集—中国—当代 Ⅳ. ①I267

中国国家版本馆CIP数据核字(2023)第232483号

责任编辑:郝珊珊   责任校对:王蕙莹   责任印制:储志伟
插 图:耿英辉   书名题字:米 闹

中国纺织出版社有限公司出版发行
地址:北京市朝阳区百子湾东里 A407 号楼   邮政编码:100124
销售电话:010—67004422   传真:010—87155801
http://www.c-textilep.com
中国纺织出版社天猫旗舰店
官方微博 http://weibo.com/2119887771
北京虎彩文化传播有限公司印刷   各地新华书店经销
2024 年 2 月第 1 版第 1 次印刷
开本:880×1230   1 / 32   总印张:64.75
总字数:998 千字   总定价:600.00 元

凡购本书,如有缺页、倒页、脱页,由本社图书营销中心调换

书坛老司机

二马头陀

薛公号为嵩阳闲人，从他现在的生活状态看，算是自由职业，所谓闲人，倒也恰如其分。但是，闲人不闲。只需要看看这些年他干过多少事、写过多少东西就知道了。林语堂在为苏东坡写的传记当中，曾经送了他一大堆头衔，如果拿过来形容薛公，似乎也无不可。"一个无可救药的乐天派、一个伟大的人道主义者、百姓的朋友、大文豪、大书法家、创新画家、造酒试验家"，这些头衔，我想薛公自己也当仁不让，因为他确实一专多能又非常接地气。

而且在这些头衔之外，薛公一定还要求加上："音乐家、词作者、主持人、晚会导演、电视节目制作人、颁奖词撰写专家、策展人、摄影师、首席文字秘书、公文写作培训师、相声艺术家、口技表演者、朗诵艺术家、著名戏曲票友、书坛大家模仿秀达人、自媒体作者、毛笔商人、文艺界两新人士、有志青年人生导师……"这么多的头衔，如果放在一般人身上，早就把人压垮了。好在薛公体格雄健，腰粗，所以担得起。

因为是多面手，薛公留给世人的精神形象自然是复杂而多面的。殊不知他的肉身形象也是蛮多面的。曾经多次看到薛公在文章里表扬老友刘颜涛老师，说他早早就具备了德艺双馨老艺术家的大家气象，刘老当然不老，只是塑造形象的道具只有一头白发。而薛公打造自身形象的道具就非止一端了。

在我的观察中，其形象大致有"三变"。我最早在百度百科页面里见到的薛公形象，是一个穿翻领西装的小青年，带着一副"欠扁"的招牌式表情。印象最深的是西装，新嘎嘎的，好像刚参加完婚礼回来，脸上却满是对这个社会的鄙夷和不屑，带着浓重的玩世不恭的味道。当然那时人是瘦的，和观感倒也贴切。

后来，大约是2018年吧，我在微信上加了薛公，他的头像罕见，是一幅个人漫画像。据说是他的学生花花专门为他画的——画面的主体是一张大脸，圆圆的罗汉脸，小手中拿了一支毛笔。有时候看多了眼花，又觉得那不像毛笔，倒更像一把镰刀，随时准备收割。

再后来，是2021年9月底，河南省书法家协会召开第七次代表大会，我在这次会议上见到薛公本尊，这时候他已经满身的大家气象了。散步的时候开始背着手，遇人打招呼只象征性点点头，和人交谈时一般也仅点到为止。只有在私下的场合，才说几句真话，但言语之间依然能感觉到他对这个社会的深深批判眼光，和犀利幽默又不失温柔一刀的讽刺态度。只不过这时候他的形象和以前相比也有了一些变化。他眼睛瞪起来时，目光之犀利，有点像发福的鲁迅；眼睛眯起来时，就活脱脱一副庙里的菩萨相了。我常常想，所谓"金刚怒目，菩萨低眉"，薛公一身兼之，说明岁月也没有饶过他，他在用笔改造世界的同时，世界也不知不觉间改造了他。

一个有意思的看点是，近年来，薛公一直以自己独特的发型享誉江湖。四周剃光，只留中央，顶上仅存一茶壶盖儿。这很大胆，很曲艺，很文艺，也很前卫。这常常让我想起鲁迅先生在《藤野先生》里面所写，大清留学生的发型："顶上高高耸起，形成一座富士山……实在标致极了。"开会间听他向人介绍，这么标致的富士山发型，是他亲自设计、亲自打理、亲自打发胶，量身定做而成的。发型这件事不能小瞧，在不少上点儿年纪的人那里，发型不啻一个重大的原则问题。有些人的特征是中央日渐式微，于是常常用地方支持中央，庶几保住中央的脸面，维护天下大一统的良好形象。而薛公倒好，反其道而行，干脆剪除所有的地方保护，只让中央闪亮全场，这实在是一种富有者的自信和张扬。大凡能对自己的形象作戛戛独造的人，一般都拥有强大的内心，是个狠人，薛公能以如此形象示人，反映出的自然是其人立身行事的超级自信。

韩文公说"物不得其平则鸣"，人亦如此。薛公的这些趣事，折射出他内心的丰富和奇崛，有时候也会让我联想到魏晋及后代的那些名士。五代的杨凝式，有个帖叫《卢鸿草堂十志图跋》，学书法的人不少都临过。其实帖中提到的卢鸿隐君，字浩然，就隐居在嵩山，于嵩山下建卢鸿草堂，广招天下学子，培育英才，他善画山水树石，自绘其隐居之地胜景为《草堂十志图》，十幅画作附骚体诗十首，名《嵩山十志》，歌咏隐逸生活，耐人品味。薛公居嵩阳，作《嵩阳闲人笔记》，是否有效仿嵩山前贤之意，我不得而知，但嵩阳文脉之盛，千年不绝，于兹也可见一斑。

人生永远处在"变与不变"的动态平衡中。读了这本书，薛公的名士形象在我心中也有了一定的转变，意识到他除了阳刚、锋芒毕露的一面，其实也有柔软、温情脉脉的一面。他回忆自己的祖屋、祖父、祖母，写自己的街坊邻居、老师同学，写嵩阳城的各色人等，笔触都是湿润的、温润的，都充满了一种对历史中微不足道的小人物的深深理解和同情。即使偶有讽刺之笔，笔锋所指，显然也是针对某种国民劣根性之普遍现象，而非针对某个个体。这种春秋笔法，也便使讽刺暗暗转化成了温情，让人在同情中引发对民族底色的某种思考，所谓笑中带着泪，白描中暗藏着褒贬和抑扬。

还是在前述林语堂的那本《苏东坡传》里，林曾经对人的复杂性提出了一种比喻，"这种混合等于耶稣所谓蛇的智慧加上鸽子的温文"。我不知道薛公年轻时候的文风是什么样的，但现在的文风，总体是温和的，温和中带着锋芒，显然如今鸽子的成分已超过了蛇的比重。鲁迅的文章里有匕首和投枪，而薛公的文章里面，没有匕首，也没有投枪，但是又让你不时感觉到有锋芒在，好像上山时衣服里扎了根刺，偶尔会被刺痛。因为痛，所以真。《嵩阳闲人笔记》之所以感人，就是占了一个"真"字，真是写文章一种极难的境界，薛公此书，庶几得之。

大凡学书法的人，会有一个职业病，就是看一个人的字、看一个人的文章，往往就爱分析他的取法和来源。薛公如此文笔，又从何而来呢？在他的文章里，分明可以看到五四一代《阿Q正传》一类的讽刺笔法，再往晚点说，是汪曾祺、孙犁的白描笔法，甚至当代刘震云、余华的后现代叙事方法。我不知道他是不是认真学习琢磨过这些人的笔法，但是那种通透和机灵劲儿，从中确能看到几分影子。再往远了说，至少从《世说新语》开始，白描笔法就蔚为大观了，中国古代笔记体写作的特色一贯如此。这本书既然名为《嵩阳闲人笔记》，采用白描式的笔法，也可算作是对古代传统的一次当代回响，一次对经典的个体致敬。

其实薛公还有很多"料"没有写。在我和薛公有限的几次交谈中，常听他讲到一些当代书坛人物的秘密，涉及的都是名家大咖，故事也都活色生香引人入胜，只会比本书中的故事更加精彩，把我乐得前仰后合。然而每一次讲完之后，他必定要很严肃地叮嘱一句：这个事儿是不能说的，你千万不要告诉任何人！有时候，我也会怂恿他把这些写下来，这时候他就会提到陈巨来的《安持人物琐忆》。是否会写一本"书坛版安持人物琐忆"？他未置可否，只是在聊天时常常提到《安持人物琐忆》，而且他每次讲的书坛故事都从不重复，显然他已整理有一个丰富的数据库。

网上有一句话说，"我怀疑你在开车，但是我没有证据"。薛公作为一个"老司机"，在《嵩阳闲人笔记》收笔后，是不是正在写"书坛版安持人物琐忆"？我不得而知，但从他公众号坚持每天日更的狠劲上来说，我推测，他很有可能在悄悄写，或者即将开写，或者即使现在没有写，将来有一天也一定会写。我高度怀疑薛公一直在"开车"，虽然我没有具体的证据。

讲真，这其实并非毫无理由的玩笑话。纵观全国的书法界，能写字又能写文章的人少之又少；在写文章的人当中，能开公众号的人又少之又少；在开公众号的人当中，能够坚持原创的人又少之又少；在坚持原创的人当中，能够每天日更的，大约也就只剩下嵩山脚下这一位了。因此，我对"书坛版安持人物琐忆"未来的问世，抱有十足的期待。诸君不信，可俟之异日，勿谓言之不预也。

读了这本书，还会感到薛公是一个"狠人"，他做事追求完美，有时几近苛刻。这种狠劲体现在方方面面，但首先是对自己狠。比如，仅仅从他的策展经历，就可见其谋事之广大、做事之独立、成事之担当。比如1997年，25岁的他就担纲操办了嵩山少林杯全国书法大赛。之后一发不可收，2007年河南70后书法展、2008年拳拳五人展、2009年河南青年代表书家十人展、2010年河南省书协草书委员会"翰逸神飞"系列书法展、2012年"碰槽杯"天地之中全国书法大展、2018 年"中原华彩"河南草书展、2019 年河南省首届草书作品展、2020 年登封摘星楼兰亭杯展……这些活动，他都是主要策展人，或是具体的操办者。他以一己之力，在当代河南书法发展进程中留下了自己的印迹和贡献。

概而言之，薛公之所以能被称为"老司机"，是因为他在书坛出道比较早，阅人无数，斗争经验丰富，不怕得罪人，是老江湖一枚。薛公手中有笔如刀，他也常常以此顾盼自雄。我曾经不止听一个人说，"得罪谁也不能得罪老薛"。今天斗胆放肆，整了两句儿，可能唐突了。如有得罪，尊敬的薛公，嵩山脚下的"老司机"，"爱慕骚瑞"！

目录

嵩阳故事

1

人间烟火

嵩阳故事

嵩阳城十字路口是那个时代人气比较旺的地方，说是人气旺，其实无非有两家饭店，两家日用商店，几个固定摊点而已。那时白天几乎没有什么人，街上空落落的，只有孩子们放学的时候，街道上才会热闹一会儿，但随即又恢复成原来的样子，像一潭死水，偶尔泛起点涟漪，马上就又平静下来了。

十字路口的几个摊点，大都是卖烧饼的，烧饼一家比一家打得好，最上面摆的两个样品焦盖烧饼，一定是起了酥皮，难着芝麻盖的。这是后来人们引以为豪的焦盖烧饼。多少年后，人们再找这种手艺已经没有了。现在的是硬盖，酥皮是不会疆起来的，很多年轻人对「焦盖烧饼」闻所未闻，更别说吃过了。

胡 妞

嵩阳城十字路口是那个时代人气比较旺的地方。说是人气旺，其实无非有两家饭店，两家日用商店，几个固定摊点而已。那时白天几乎没有什么人，街上空落落的，只有孩子们放学的时候，街道上才会热闹一会儿，但随即又恢复成原来的样子，像一潭死水，偶尔泛起点涟漪，马上就又平静下来了。

十字路口的几个摊点，大都是卖烧饼的，烧饼一家比一家打得好，最上面摆的两个样品烧饼，一定是起了酥皮，翘着芝麻盖的，这是后来人们引以为豪的焦盖烧饼。多少年后，人们再找这种手艺已经没有了，现在的是硬盖，酥皮是不会翘起来的，很多年轻人对"焦盖烧饼"闻所未闻，更别说吃过了。

在卖烧饼的旁边，有一个小推车，小推车上摆了一些鸡零狗碎的小食品，比如江米团、芝麻糖、甘蔗、橘子之类的，看上去不是那么新鲜，一问价格却一点也不便宜。

摊主是个个子矮矮的老者，他一头白发，理了个平头，面无血色，眼里却是红红的。他腿脚不方便，走起路来很缓慢，脖子也很僵硬，好像无法抬头，看人的时候总是翻着白眼，让人感觉这不是善茬。

老者有一个怪怪的名字——"胡妞"，老登封人应该都知道这个名字。我问过祖父胡妞名字的由来，祖父说他姓常，胡妞是他的小名，还告诉我他的全名叫常天义，两者根本联系不起来。

只要天气不是特别的差，胡妞每天都是要出摊的。早上，我上学的时候，有时会遇见胡妞慢慢地推着小车，艰难地走过来，到了十字路口，他再艰难地弯下腰，将推车里的东西一件一件地码放起来，这新的一天就开始了。

祖父说，胡妞是个光棍汉，到现在也没结婚，但他有工作，是从被服厂退休的工人。祖父说，他本来有腿疼的毛病，找了嵩阳城里的李某看病，李某给他扎针治疗，谁料扎了几次，不但没有见效，反而更加厉害，差点被扎瘫了，最后就成了现在见到的样子。

那时，人们也没有太多的去处，胡妞的摊点旁边，就成了老年人聚集的地方。夏天的时候，阳光直射，街上存不住人，胡妞的小推车会推到被服厂的屋檐下，那些没事的老人们也跟着在那屋檐下避暑。

人们有坐在被服厂台阶上的，也有从自己家带了板凳坐的，有下象棋的，有在旁边观棋助威的，也有打牌的，更多的是"喷闲空"的。每天固定去的总有十几个人，围在胡妞的摊旁，高谈阔论，说古论今，这里成了嵩阳城的老年娱乐中心，或者是老年新闻集散地，小城东西南北的新闻八卦，从这里传播到小城的各个角落。

胡妞只是听这些人闲聊，并不发表意见，有时也会跟着笑，只是脸上的肌肉动动，算是礼节性地笑了，至于到底笑没笑，只有他自己知道了。正晌午的时候，人们都回家午睡了，胡妞一个人倒在躺椅上，也眯上一会儿。后来他还添置了一把大伞，每天都要撑起，遮阳避雨，俨然是比以前档次更高了。

我好像在他的摊上买过东西，价格很高，比他背后的烟酒门市里面的价格都高。祖父也告诫我，不要在胡妞那里买东西，他"瞎狠瞎狠"的，价是胡要的。

那年正月十五，街上都是人，许多人进城来看社了。胡妞的摊上也添了好多小孩喜欢的物件，有插了彩色鸡毛的气球，有玻璃做的琉璃咯嘣，有红红的糖葫芦等。那天我也在街上玩儿，走到胡妞摊前的时候，见一群小孩围着胡妞的摊点在挑东西。只见，一个孩子拿了一把糖葫芦还有其他东西，作势从兜里掏钱，却突然扭头就跑，后面的小孩紧跟着都跑了。

等胡妞反应过来，那群小孩子早就消失在人海中了。胡妞气得破口大骂："这群王八羔子，欺负到你爷爷我的头上了，日你娘一回！"他气急败坏地扶着小推车，好像随时要瘫倒在地，脸色更加惨白了。

二舅爷

当年看《武林外传》的时候，捕头燕小六有一句经典的台词："照顾好我七舅姥爷他三外甥女……"初看的时候，不解此句话什么意思，后来想明白了，七舅姥爷的三外甥女就是燕小六的母亲，燕小六放出此狠话，言外之意就是要拼命了。

等把这句话想明白了，就觉得特别可笑，莫名其妙被戳中了笑点，于是忍俊不禁。仔细琢磨琢磨，其实是生活里没人这么费劲地说话，这么费劲地嘚啵，才会有出其不意的效果。明白了这层关系，我由此想到了我的舅爷。

嵩阳城的习俗，我祖母的哥哥，我父亲的舅舅，我应叫舅爷。舅爷家是南乡的，小时候不知道南乡是哪里，长大后知道其实就是指的嵩阳东金店白坪那一带，老登封人的嘴里称那里是南乡。现如今说南乡，恐怕没几个人知道是说哪里了吧。

我祖母应该是有两个哥哥，我所说的这个舅爷是二舅爷，大舅爷早就不在人世了，我是没有见过的。二舅爷倒是经常来我们家里，基本是空着手来的，吃顿午饭就走了，我的几个姑姑对此颇为不满，我祖父和祖母倒不在意，每次他们的二哥来，总是笑脸相迎，从来没有表现出异样的情绪。为此，我几个姑姑没少被祖父祖母责怪，祖父说孩子们不懂事，祖母则说亲戚上门，不就是锅里多添碗水的事，你们至于说出来吗？

也难怪，那时人穷，温饱尚难解决，我们家大半年都是吃粗粮，一大家子七八口人，数着口粮过日子，家里经常添客，也是让人犯难的事。

嵩阳城每逢农历初五、初十是大集，平时街上人不多，逢集了人就格外的多。我这个二舅爷几乎每个集都到，有时卖自家的葱，有时卖自家鸡下的蛋，更多的时候就是闲转，从大集的南头转到北头，不买也不卖，纯粹是看热闹。等到了晌午的时候，就踱着方步来我家了，祖父祖母总是笑脸相迎，不一会儿就端上热饭伺候。二舅爷吃饱喝足了，还会抽一袋烟，和祖父说一会儿话，然后才优哉游哉地回家去。

南乡距离嵩阳城大概是 15 里，那时也没什么交通工具，二舅爷就是步行来回，几乎每集必到，无怪乎他的外甥女、我的那些姑姑们颇有微词了。

但二舅爷的妹妹、妹夫，也就是我的祖母、祖父很欢迎二哥，所以二舅爷来我家也就成了常态。如果有一段时间二舅爷没来，祖父祖母反倒担心起来，还要托人捎话，问问二哥这段时间怎么没进城，是不是家里有什么事了。

我至今记得二舅爷的样子，中等的个子，两眼无神，脸上也看不出什么表情，留了一把山羊胡，胡子都白了，胡子的顶端还往上翘着，看着很滑稽。二舅爷常年穿着青黑色的粗布中式裤褂，看样子应该是自己家里织布染色做的，虽然已经解放几十年了，我却觉得他的这身打扮，和民国年间人的打扮没有什么区别。其实，在那个时候，好多农村人都是这样的穿戴打扮。

二舅爷有时在等饭的时候，也会和我说话。他喜欢扯以前的事，什么红枪会、打白朗、跑刀客、跑老日，讲的都是很久以前的"瞎话"。说刀客绑票，绑肉票、绑花票，索的赎金不同，送不去赎金就把人杀了。二舅爷说得津津有味，我听得也是津津有味，这也是我多少年后仍然会想起他的原因。

我小时候体弱多病，二舅爷拍着胸脯打了包票，说是认识少林寺的释德根大师，让我跟着德根大师学拳，三两年的时间体格就会强壮起来。二舅爷说他和德根大师的关系非同一般，他们是换帖弟兄，他介绍个学生还是不成问题的。

然后二舅爷就说起了德根大师的传奇经历，说德根大师可以飞檐走壁，可以一拳毙命，曾经在上海滩打死过人，所以才隐姓埋名悄悄回来了；二舅爷说德根大师练拳走火入魔，伤了小腿，走起来一瘸一瘸的，但不耽误他一个打八个刀客。

二舅爷滔滔不绝地说着，嘴巴两边很快就起了白沫。我祖父指了指他的嘴给他示意，他摆了摆手说不碍事，然后继续眉飞色舞地说了下去。

从那以后，我就一直等着二舅爷领着我拜德根大师为师，学一套正宗的少林拳法。我甚至想了很多次，见到德根大师时应该怎样介绍自己，应该说哪些话。可惜，二舅爷仅仅说了一次，往后就决然不提这事了，好像从来没有说过一样。

二舅爷活了八十多岁，去世前的两年，因为身体的原因，已经很久没来我们家了。有时，祖母和祖父还会念叨，不知他们的二哥怎么样。我和祖母还去看望过二舅爷。病中的二舅爷很瘦，眼睛眯缝着，几乎睁不开了，每天就在院里晒太阳，走两步都困难，更别说进城赶集了。

第二年开春的时候，二舅爷去世了。我跟着大人参加了他的葬礼，葬礼去的人不多，都是自己家的亲戚，人们也没有表现出什么悲伤感，二舅爷的两个儿子儿媳脸上还带着笑容迎接我们，好像死的是不相干的人。

参加完葬礼，回到家里，我见祖母的眼圈很红，明显是哭过的样子，祖父也是长吁短叹的，他们这是为二哥悲伤呢。

我悄悄地问祖父，二舅爷死了，那谁领着我去见德根大师呢？谁知祖父却一脸恼怒，一挥手说，去去去，都什么时候了，还说这些没意思的话，赶紧出去玩去！

我吐了一下舌头，就赶快跑了出去。

父　亲

　　我是受父亲影响才开始写字的。父亲是高中毕业，能文善书，写一手好魏碑字，在我们这个地方有一些名气。每逢乡亲们家里办事，他们总是找父亲写帖子、写对子，无论什么人找到父亲，父亲总是毫不犹豫地答应，也因此落了个老好人的名声。

　　父亲的字，大致学的是《龙门二十品》。他那个时代，没有什么字帖，我在家里见到的，无非就是《龙门二十品》选字本，父亲一有空就练字，有些时候是在草纸上写，更多时候是毛笔蘸了清水，在黑色的大漆桌子上写，写完一遍，就用毛巾擦掉，然后继续写。

　　父亲的字出名很早，我记忆中，过年时候办的春节特刊，一张张的白纸写上黑字，贴得满墙都是，都是我父亲写的。

　　记忆最深的是，伟大的导师逝世了，举国上下哭声一片，各地都搭了牌楼纪念，嵩阳城搭了一个柏树枝的牌楼，庄严肃穆，上面的挽联，斗大的魏碑字雄强有力，也是出自父亲之手。

1977 年，嵩阳城举办了一个书画展，就在邰胡同对面的临街房子里办的。彼时的我仅仅几岁。我记得我是晚上去看的展览，屋子里面灯火通明，却没几个人看。我几乎不费力就认出了父亲的作品，并且一个字一个字地读了起来。那次展览还出了一本作品集，后来我从作品集上知道，父亲写的是陈毅元帅的诗。

说来奇怪，我很早就能分辨出父亲的字，并且是准确无误，但我的儿子却认不出我的字，这令我有些失望。我从小喜欢辨认字迹，这个习惯一直伴随我成长，到成年后，我能辨认出很多不同的字迹，并能叫出名字。

父亲喜欢读书，喜欢买一些文学报刊读，并给我订了《中国少年报》《少年文史报》《儿童文学》等报刊，从我小学二年级开始订，一直订到我上初中。我很早就养成了读书的习惯，这个习惯让我受益终身。

父亲读书，自己买，也去图书馆借。他办了一张借书证，读完后往往让我还书，我还记得那些馆藏书后面的纸条，纸条上写着什么时间什么人读过，如果是名著，后面的名字会有很多。

父亲读完后，我也会读一遍。那个阶段，父亲读的多是凡尔纳的科幻小说，我也跟着读了《神秘岛》《海底两万里》《八十天环游地球》等大部头的书，甚至连《金陵春梦》《侍卫官日记》这些书也跟着读了。

在父亲的影响下，我也开始练字了。但父亲并不管我，有时会拿起我的字看看，却并不说什么，只是一味地让我自己练。我那时候练过颜体、柳体，也比葫芦画瓢地练隶书，父亲一概不说什么，只是让我由着性子去写。

我十七八岁的时候，父亲也试着让我去写一些招牌，或者抄一些版面。那时，我已经有了学书法的意识，开始买一些书法理论书籍看，并试着在宣纸上创作作品。终于，我的书法作品在郑州某个展览中展出、获奖，我拿着证书让父亲看的时候，父亲的脸上满是笑容，看得出他是真心高兴。

等我后来参加省展、中国书协的展览，并且出版自己的作品集时，父亲已经去世了。我深深感到遗憾，为父亲不能看到我的这些成绩感到遗憾，每每想到这里，我总有一种说不出的心痛。

父亲去世已经二十多年了，二十多年来，我从不谈我的父亲。当别人谈起的时候，我总是岔开话题，不想谈这些令我心痛的往事。今天是父亲节，别人都在朋友圈里晒自己的父亲，我就想起了我的父亲，于是写下了这些文字。

怀念我的父亲。

郜胡同人物两题

　　嵩阳城有两条有名的胡同，一条叫郜胡同，一条叫刘胡同。当地人不叫胡同，叫骨朵儿，于是这两个地名在嵩阳人的口中叫郜骨朵儿和刘骨朵儿，从名字上就能听出地方的逼仄和不堪，如果有嵩阳人连这两个地名都不知道，那他多半不是土著的老嵩阳人。

　　郜骨朵儿在城西街的西南街对面，南北走向，由此可直通中岳大街，长度不到一公里，宽不足三米，两边都是民房，有些已经坍塌了。此地像这个城市里的盲肠，隐藏在不为人知的角落，一般外地人很少涉足。

　　刘骨朵儿在城南街，是东西走向，有四百多米，南侧已经扒掉盖成商品房了，北侧还留了一些老房子。胡同里有两棵大槐树，树干都已经空了，据说已经几百年了，上面住有仙家，于是树上缠满了红布黄布，还有一些许愿的木牌，每逢初一十五，还会有人在下面烧香语愿，至于灵不灵，那就只有天知道了。

这两条胡同我小时候都没少去玩，至今还有一些印象，疫情结束时，我出去遛弯儿还专门走到了这两条胡同，看着那些陌生或者熟悉的街景，脑海里忽然就想起了一些人来。这些人住在郶骨朵儿里，是那个年代郶骨朵儿的"地标"人物，他们具体什么身世，我也不大清楚，只是从父辈那里听来了一些关于他们的故事，暂且记在这里吧。

老　尚

老尚是你见了一眼就忘不掉的那种人物。

我第一次见到老尚的时候，老尚正在和别人打招呼。他戴了一顶毛皮帽子，是真皮的，上面的皮毛会迎风颤动。老尚五官紧致，脸上胡茬很重，嘴里叼着烟，正在仰着脸和一个熟人说着什么。

老尚上身穿了一件青灰色的中式对襟棉袄，干干净净的，看上去很合身。他和熟人说完了话，摆动双臂继续朝前走去。等你仔细看他的时候，会发现此人从膝盖以下是没有了的，也就是说他没有小腿和脚，膝盖下垫了两块汽车轮胎，但丝毫不影响他的行动。

我第一次见到他的时候，是很吃惊的。我那时还是一个小孩子，只是远远地看看，不敢说什么。

14

回去后问了祖父祖母，祖父说此人姓尚，以前是在衙门里当衙役的，心狠手辣，收了不少昧心钱，后来就落了个如此的下场。祖母说，这都是报应，前半辈子作恶太多，后半辈子就跪着走，这是老天爷对他的惩罚。

老尚的腿具体是怎么断的，祖父倒没有告诉我。

后来，我又见了几次老尚。其中有一次是冬天下雪后，老尚围了宽大的围脖，艰难地走在泥泞之中，却还是一脸的刚毅，有些不怒而威的意思。

那样子，根本不像一个残疾人。

疯婆娘

郜骨朵儿有个疯婆娘，每天就站在胡同口，什么事也不做，只是痴痴地望着过往的路人，一言不发，好像要从人流中悟出些什么。

这个婆娘也就是四十多岁的样子，身材肥硕，脸盘子很大，眼睛也很大，眉毛很重，据了解的人说，她年轻时也是个美人胚子。疯婆娘有时脸上化了妆，不知道用什么涂红了脸蛋，头上还插着一枝花，她可能觉得自己这个形象很美，会对行人痴痴地笑，笑得人毛骨悚然。

有些时候，这个疯婆娘还会披了纱，是那种很便宜的纱巾，她将纱巾挽在肩上，作势起舞，看上去有些上海滩舞女的意思。尤其是她脚上穿的布鞋，还绣了花。仔细看去，还是凤凰戏牡丹，颇费了一些心思呢。

这婆娘就这样在郜骨朵儿口站着，一副人畜无害的样子，日子久了，也就成了郜骨朵儿的一个"地标式"的人物。

有一天，我和一个老师走到这里，又遇到了这个婆娘。这个老师好像认识她，还和她说了两句话，无非是让她回家去，外边天冷之类的。

过后，我问老师此人的背景，为什么会站到街头。

这个老师告诉我，这个女子年轻时长得很漂亮，家境也不错。有一年，她乘坐火车去北京，在火车上邂逅了一个年轻的军人，二人相见恨晚，一路相谈甚欢，临分别时，军人送给她一张照片，从此再也没有现身。

女子回到嵩阳城后，事情就朝着不可控的方向发展了。她每日对着军人的照片发痴，什么也不干，茶不思饭不想，害上了相思病。如此一来二去，一个好端端的姑娘，就成了一个"花痴神经病"。后来越病越厉害，家人硬是托人找了个婆家嫁了出去，算是冲喜。姑娘虽然嫁人了，还生了几个孩子，病却一点儿也没见好，每日里疯疯癫癫，站在街头，试图寻觅那个梦中的军人。

我听了这个婆娘的故事，"唉"了一声，却也不知道说些什么，只是忽然想起了一句词："问世间，情为何物，直教人生死相许？"爱情这个东西，不知道毁掉了多少人的一生。

16

我很多年没有见过这个疯婆娘了，想必这个人大半是不在人世了。世上所有轰轰烈烈的爱情，最终只剩下一抔黄土、一缕烟云罢了。

南后园

　　我的老家在嵩阳城的东街，我在文章中不止一次提起过这条古老的街道，但每一次写这些泛黄的记忆，总是那么清晰，几十年前的事情历历在目，这也许就是每个人心里都有的家乡情结吧。

　　关于嵩阳城的东街，有人叫东大街，也有人叫东门，其实这个"门"字不准，正确的写法是"门"里加个"外"字，可惜现在的输入法已经打不出此字，此字已经被简化为"门"了。诸如郑州的乔家门，还有郑少高速上见到的陈家门，都应该是这个字。郑少高速上的陈家门路牌更是错得离谱，直接打成了"陈家闷"三个字，让人不知所云，一头雾水，却愣是挂了许多年，也没有人去纠正，让人感慨不已。世间的荒唐事多，多到一个地名错为"闷"，当地人也不纠正。

　　前年，还有许多人为是否要恢复"门里加个外"这个字，展开了一场讨论。其实，好多年前的《郑州晚报》上也有人呼吁，可惜都不了了之。

我家在东街的路北，高大门楼，门两边有石鼓，门过道宽敞，常聚集小孩在此玩耍，因此被称为"薛家院"。薛家院斜对面有个院子，院子很长，直通南后园，过了南后园向西就是南街，院子里面住了十几户人家，小时候，我经常穿过这个院子去南后园玩耍，所以印象比较深刻。

院子最北边，也就是临街的房子，住的是姓何的一家人。姓何的户主是从某单位退休的，那时也有六十多岁了，老爷子是一个大秃头，瘦瘦的面庞，看过《少林寺》电影后，我总觉得他和电影中的大反派秃鹰神似，以致我从他身边走过的时候，老是疑心他会鹰爪功。他的老伴儿满头白发，头上挽了个髻儿，穿着老式的大襟布褂，两腿走路的时候叉得很开，这就是嵩阳城人说的"开门子腿"。她身材高高大大的，说话很强势，嘴角总是往下撇着，看人总是满脸的不屑。有时候，从院子里走过遇见她，我总是不由自主地加快了脚步，从心底里感到害怕。

老两口还有一个老母亲，那个老太婆看上去已经很老了，穿着黑色的大襟布褂，头上戴了一个平绒的黑帽子，灰白的脸蛋耷拉着，嘴里一颗牙都没有了，眼睛像蒙了一层毛玻璃，也不知道看得见看不见。天气暖和的时候，这个老太婆会坐在门口晒太阳，我总感觉她像一个老巫婆，随时能骑了扫帚就飞起来。

这家有三个男孩，大的接了父亲的班，在某单位上班，平素里不多见，偶尔见一次，他总是穿着白白净净的衬衣，兜里别一支钢笔，眉头紧锁，好像在思索什么重大的问题；二儿子的个子比较矮，粗壮的身材，见人就笑，不笑不说话；小儿子面色黑青，只有嘴唇是绯红色的。二儿子和小儿子说话都不大清楚，就是嵩阳城里说的"秃舌子"。

比如小儿子说"比赛"这个词，总是说不清楚，发成"皮菜"的音，这也成了东街人的笑料。人们见着他的时候，总会问一句，今晚东关有篮球皮菜，看不看啊？其他的人都哄堂大笑，小儿子却也不以为意，可能是习以为常了吧。

再往里走，是一家打烧饼的。这家住的是一溜厦子房，房子不高，进深也很浅，也就是两米多深。他们在家里打了烧饼，然后送到嵩阳城的十字路口卖。户主老两口五十多岁的年纪，男的留花白的胡子，女的常年眼角有眵目糊。五十多岁，在那个年代就已经是很老的年纪了，所以在我印象中他们就是一对老夫妻。

这家有三个男孩，两个女孩。他们家的大女儿出嫁了，二女儿大概十四五岁的年纪，因为家境的原因，穿得很寒酸。我印象最深的是，女孩常年嘴唇上挂着鼻涕，有时吸一下，那白色的鼻涕就缩了回去，但一会儿就又下来了。

在那个年月，好像好多孩子有鼻涕，家长也不去医治，完全依靠自身的免疫力，好了也就好了，不好的话，就常年在嘴唇上挂着，连人中那个地方都腌红了。

二儿子估计有十八九岁的年纪，一到夏天，就拿了铺盖去门口的平房顶上睡，在房顶上要睡上几个月，甚至入秋了，天气都很冷了，还坚持在平房顶上睡，早上起来的时候，被子上都是一层白霜。

有一年夏天，我从这里路过，见女主人赤了上身，坐在小凳子上乘凉，胸前两个干瘪的奶子像两个布袋挂着，她丝毫不觉得难为情，只是自顾自地摇扇子。

再往后走，里面又分出了几个院子，东边的院子是姓申家的院子，院子里迎面种了一棵夹竹桃，长得很茂盛，夹竹桃的花期很长，整个夏天都盛开着，显示出此户与别家的不同。这家没有男孩，有几个闺女，家里收拾得格外干净。老户主是从单位退休的，手里有活便钱，所以整个小院收拾得格外与众不同。

申家的对面是姓李的，姓李的隔壁是姓陈的。陈家的院子里种了一棵石榴树，树的枝干都长到院子外面了，枝干上挂满了石榴，我几次走过那里，有心摘一个尝尝，但有贼心没贼胆，终究也没敢下手。

再往前走，就出了院子，院外是一条东西向的小路，东边通往东城墙，西边拐弯可以通到南街，出去就是十五中。

沿着小路往东走，有一个地势低洼的院子，院子没有院墙，只是用圪棒拦了一下，门是真正的柴扉，从门口到房子，地势落差有一两米。院子里住着母子二人，母亲满头白发，说话的时候头一直摇动，这是人们说的"摇头疯"，可能就是帕金森病吧。儿子三四十岁了，也没有成家，常年穿衣服不系扣子，胸口晒得红彤彤的。

他们住的房子，说不出是什么颜色，仔细看去，是用各色的杂砖胡乱建起来的。据说，这个房子是老当家的盖的，老当家的出门挑个箩头，一块砖头一块砖头地捡，日复一日、年复一年，终于捡够了砖头，用一己之力盖成了这个歪歪扭扭的房子，这也称得上是一个奇迹了。

　　院子地势低洼，雨后会有积水，总是蛙鸣不已。另外，院子里有刺猬，小孩子隔一段时间就会来逮次刺猬，有人逮住了，我却从来没有逮到过。老妪倒也不怎么干涉，小孩子来玩，她是很欢迎的。那个老妪曾拿出一个馍给我吃，我看那馍蒸得乌青，闻着一股酸味，就丢到一边去了，辜负了老妪的一片好意，罪过罪过。

　　院子的南边，有几棵软枣树，软枣其实就是柿子，嫁接后结柿子，不嫁接就只结枣子大小的柿子，被称为软枣。祖母每年都要做面酱，酱坛子的四周要用软枣树叶封住，所以祖母每年都会带我来摘软枣树叶。祖母和那老妪熟识，总会去她屋子里坐坐，拉拉家常。我也跟着进过房子，里面很阴凉，没有开窗户，只能通过门口进来一些光亮。再往里就是黑洞洞的，我也没往里面走，仅有如此的印象而已。

　　大概到1990年的时候，这个院子卖了，当时卖了两万五千元。彼时当母亲的已经去世，儿子也是五十岁的人了，这两万五千元由生产队掌管，每月的利息给当儿子的养老。如今算来，已经是三十多年前的事了，当儿子的也已经于几年前死了，活了八十多岁，也算是高寿了。

荡秋千

今天是辛丑年正月十五，元宵节。现在的节日，人们基本都是糊里糊涂地过，也没有什么节日的氛围。不像以前，有鞭炮、烟火、社戏，街上热闹得很，到处都是人山人海的。

那时候，几乎每个村子里都会架上秋千，秋千是大的，两边拿水泥电线杆当架子，上面拴着粗粗的绳子，荡秋千的人要排队，才能去玩。

小孩们是坐在秋千上，大人从后面"送"；大人们则是站在秋千上，两腿一起一伏，那秋千就越荡越高，下面的人大呼小叫，还有叫好吹口哨的。每一架秋千旁边，都是一张张快乐的笑脸。

站在秋千上的，叫"起秋"，至于是哪个"起"字，具体就不知道了。登封人发一声，和"六七"的"七"、"沏茶"的"沏"一个音，尖舌音，中州韵，不知是对应哪个汉字。

起秋的最高境界，是蹬几下就和横梁平了，这是高手才能做到的，一般都是村里最靓的那个崽，担负着此项光荣使命。也有两人脸对脸起秋的，两人得配合默契，步调一致，才能让秋千荡起来。一般都是两个男的，偶尔会见两个女的起秋，或者是水平低的求着水平高的带一下，那水平高的便踌躇满志地带着那个菜鸟几下就飞上了天。菜鸟技术不行，胆子也小，秋千飞起来的时候，他吓得连亲娘老子都叫起来了，下面围观的群众就会哄堂大笑，还要问问这是谁家的孩子，怎么这么"打锅"。

元宵节期间，到处都是闲人，那时可以游玩的地方少，没什么娱乐设施，这秋千就成了大家聚会的地方。那时的汽车也少，过节人们也没什么事，也不存在影响交通的问题，秋千就架在当街，甚至是交通要道上。

早些年，我们家在老城住着的时候，秋千就架在我们家东边一点的东大街上，没人觉得有什么不妥。朝西走，走到西大街，西大街的秋千就架在城隍庙门口，他们的秋千是用水泥电线杆架的，上面用汽车轮胎做减震，耐磨结实还有弹性。我们几个小孩专门去看过西街的秋千，大家一致认为，比我们东街的秋千做得好多了。东大街的秋千，两边就是架了两根树木，上面横上荆条的笋头襻，和人家差了一大截呢。

那时候，我大约十岁，长期营养不良，身体非常瘦小，根本轮不到我玩秋千，往往排队到跟前了，却被大个子孩子挤到一边去了，小小年纪的我就领会了弱肉强食的含义。但我不甘心，还是想玩，于是就趁着晚上没人的时候去玩。

那时，登封的东街只有两盏昏黄的路灯，早就被孩子们用弹弓打烂了，每到晚上黑洞洞的一片，加上天气也冷，基本没什么人出来玩。这样，我才得以玩到秋千。

刚开始，我也不会玩，只觉得自己笨，就站在秋千上反复地训练，没多长时间，我也能将秋千荡起来了。我站在秋千上，耳边是呼呼的风声，脚下起劲地蹬着，我就沉浸在新春的夜晚中。

那天晚上，我像往常一样在荡秋千，忽然听到下面有个女声在问：那是谁在起秋啊？我答声"是我"，慢慢地停了下来。我仔细一看，原来是我们家对面的一个女孩，她比我大几岁，那时在上初中，这是下夜自习回家，见到有人在荡秋千就问了句。

她说，没事你玩吧，我看看。我就又继续荡秋千，可能是有女孩子旁观的原因，我蹬得很卖力，一会儿秋千就平梁了。那个女孩子在下面给我叫好，说我起秋起得这么好，真不简单。

她又一次叫停了我，和我商量，问我能不能带带她。我没怎么考虑就答应了，她把手中的作业本放在秋千架下，然后我们面对面地站在了秋千上。她的个子比我高出了一头，我的脸仅仅到她胳肢窝下。我告诉她起秋的要领，两人要配合，动作要整齐，这样秋千才会起来。

她咯咯地笑着，按照我的指挥，开始和我做同样的动作，几乎没费多大的事，秋千就载着我们两人飞了起来。她显得很兴奋，不停地笑着叫着，看得出来她非常开心。秋千停下来的时候，她坐在秋千上，让我在后面送她。我一下一下地送着她，她依旧是咯咯咯笑个不停。

后来，她开始一个人起秋，大呼小叫的，但荡得也很高。我在下面一边看她，一边唱起了歌。那时的我，已经会唱许多歌曲了，比如《迟到》《万里长城永不倒》《酒干倘卖无》等，都能唱得准确无误。她听了很惊奇，问我跟谁学的这些歌，我说跟其他大孩子学的，也有的是跟电视上学的。

她很感兴趣，让我教她唱《酒干倘卖无》，我就一句一句地教她唱，但好像她老是唱不准，唱着唱着她自己就开始笑了。最后，我们约了明晚继续在这里见面，我继续教她唱歌。

很快我就忘了这件事，根本没有再教过她唱歌。偶尔在街上遇见她的时候，我很想过去和她打个招呼，和她说句话，但她却总是像不认识我一样，匆匆地擦肩而过了。我自己觉得无聊，也就没有再去自找没趣。

过了很多年以后，我在爱民路上走，感觉有点饿，去路边一个小店里买烧饼的时候，发现打烧饼的一个妇人，就是那年和我荡秋千的那个女孩。她已经发福，目测得180斤以上。那个店铺很小，她站在里面几乎把空间占满了。

她显然已经认不出我了，我买了一个烧饼，夹了一个豆腐串，付款之后，就啃着烧饼继续走了。烧饼打得不好，缺碱，酸酸的，我吃了两口，就扔到路旁的垃圾桶里了。

宋 兄

和宋兄见面是在农村的一个大集上。那天是腊月廿一了，我响应送文化下乡的号召，和几个写字的朋友去义务写春联。乡亲们都很热情，我们写出的春联和福字称得上供不应求，这边刚写完，那边就被人拿走了。有的横批和春联根本不配套，就不是一个人写的，但还是被人飞快地抢走了。

我的春联摊旁一直站着一个男子，他看上去有五六十岁的样子，戴了一顶毛线钩的帽子，穿了一件黑色的棉衣，饶有兴致地看我写字，并且跟着我写的内容念道："冬去嵩山生暖意，春来颍水发新花，好联，好联！"还会伸出手鼓掌，并给我拉纸。

我看了他的手，冻得干红，裂了很多口子，看上去黑黢黢的，看来这是一双干重活的手。

我一直在写着，这个人不时会夸两句，还会问这对联是谁作的，我笑笑说，我也不知道，可能是老对联了。他说，你写的这内容好啊，很有意境，不像那些对联，都是些求发财好运的，看着俗气。

听了这话，我不由看了他一眼，一个农村人居然有这样的见识，也算是难得了。过了一会儿，他又说："薛老师，其实我认识你，只是你不认识我。我早就在电视上见过你，电视上的你看着比生活里帅，看着也洋气啊。"

我嘴里"嗯"了一声，却并没有停手，而是继续低头写字。他在一旁兀自说着，并从兜里掏出了一盒"红旗渠"烟，递给我一支。我说谢谢，我不吸烟，他就点着"嘶"地吸了一口，然后呛得咳嗽起来，随后一扭头，吐出了一口浓痰。

他说，他姓宋，就是当地人，平时也喜欢写字，喜欢书法，早就知道我了，只是一直没有机会见面。这次见面了，也是他的运气，要不是政府的组织，去哪里见薛老师呢？他说着笑着，看得出他很开心。

我继续写春联，偶尔也会接他一句。我问他今年多大了，他告诉我他是 1974 年生的，今年算是 47 了。我有些诧异，这年龄和长相实在是不般配，他看上去怎么着也有五十大几了，胡子拉碴的，额头上深深的皱纹像刀刻一样，法令纹像括号似的把嘴括在里面，谁知他居然才四十多岁，真是人不可貌相啊。

中间休息的时候，这位宋兄专门给我端来了热茶，满面堆笑的，让我歇歇。我接过茶说谢谢，他说他有个想法，想写一副对联，让我给他指导一下。我点头同意了。

只见宋兄拿起我的毛笔，在空白对联上，写下了一副"天增岁月人增寿，春满乾坤福满门"，并且举着站在我面前，让我点评。我看了看那字，几乎属于没临过帖，就是凭感觉写的随手字，但我也不好说什么，嘴上只是说不错。

宋兄还想听我点评，就一直说："再说说，需要注意什么，下一步往什么地方努力，我这水平能不能弄个省书协会员？"说罢，用一双期盼的眼睛看着我。

还没等我开口，村支书就过来了，嘴里骂着："咦，你这熊货，写鸡巴烂字也敢让老师看，你这不是关公门前耍大刀吗？要在这丢人现眼了。赶紧爬开，甭耽误正事。"

宋兄嘴里小声嘟哝着，大致是说这不是想进步吗，但手里还是把对联收了起来。

村支书姓王，四十多岁的样子，头发很茂密，穿了一件黑色的皮夹克，下面穿了一条牛仔裤，腰上挂着一大串明晃晃的钥匙，给人一种家大业大的感觉。王支书跟我说："别搭理他，神经病一个，成天不好好打工，日子穷得叮当响，光想不出力挣个清闲钱，哪有那么多好事呢？他是咱村里的贫困户，上面有人包着他，日子也过得去，就是成天光想着写字，当书法家，八成是脑子烧坏了。"

王支书说："老宋成天在家里练字，扶贫工作组还给他买了笔墨纸砚，是指望他能把字写好，可这都三四年了，他的字还是那个鳖样，要说卖钱了，送人也送不出去。薛老师，你是过来人，你也劝劝他，别让他瞎折腾了，年轻力壮的，干什么不好，那书法家是谁想当就当的？老坟上就没那棵蒿子，练也是白练。"

支书发表完高见，随即拿出一张信纸，上面是他选择的春联内容和数量，我看了一眼，就是"喜居宝地千年旺"之类的俗联。我摇了摇头笑笑，但还是写了起来。

腊月的天短，这天的天还阴着，下午4点多，感觉就快要天黑了。我们五个人，写了几个小时，能写的都写了，把村里预备的纸都写完，村里又派人去城里买了纸，我们又把新买的纸也写完，然后就准备收工了。

就在这时，宋兄又挤了过来，嘴里叫着薛老师，手里递过来一张纸条，上面是他家需要的内容，三副对联内容分别是"书山有路勤为径，学海无涯苦作舟""黑发不知勤学早，白首方悔读书迟"，还有一个是长联"几百年人家无非积善，第一等好事还是读书"，这些算是格言联和书房联，看来宋兄的品位果然与众不同。

我拿出笔开始写，宋兄给我拉纸，大概有十几分钟的时间，三副对联写完，我又写了几个福字。宋兄很感动，嘴里一个劲地说谢谢、谢谢，见我要刷笔，他连忙把笔抢过来，拿着去水管旁刷笔去了。

支书要留我们吃了晚饭再走，说中午的杂烩菜吃得太应付，大家忙了一天，他应当有所表示。我看看表还不到5点钟，就婉言谢绝了，说来日方长，有机会再聚吧。

我们坐上车，正准备走的时候，宋兄跑了过来，手里还拿了些东西。我把车窗摇下和宋兄道别，宋兄说谢谢，拿着家里自己种的红薯，非让我带回去给孩子们吃。我还没来得及推辞，宋兄就拉开车门，将半袋子红薯放在了后座上，然后扭头就跑了。

　　第二天早上，家里做玉米糁，里面煮了红薯，正是宋兄给的，您别说，这红薯还是红瓤的，味道可甜了。

馄饨挑子

嵩阳城的东大街，天一黑就没什么人了，但因为有几盏昏黄路灯，一到晚上，这里就成了一群孩子疯跑游戏的天地。孩子们在一起也没什么好玩的，就是玩"当摸营"和一种叫"冰糕"的游戏，跑来跑去，大呼小叫，不亦乐乎。

已经是深秋的夜晚了，人们都穿上夹衣服了，孩子们还是跑得满头大汗。小孩子的快乐很简单，只要给他们自由就行，其余的他们自己会考虑的。

这天晚上，估计有8点多吧，人们突然听到一阵"笃""笃""笃"的梆子声，从东面过来了一个挑担子的人，这声音就是他敲打手中的梆子发出的。

这是一个中年人，大概有三四十岁的年纪，昏暗的灯光下也看不太清楚。他挑着担子走向了路灯下面，将担子稳稳放好，然后开始整理担子上的东西。孩子们没见过这一出，不知道这个中年人是干什么的，便都围过去看。

只见这个挑子是特制的，一头是火，上面还坐了一个锅，下面有炉膛，里面塞的都是松木劈柴，另一头像一个柜子，上面还有几层抽屉，看上去很精致。

那中年人穿了一件洗得发白的四个兜蓝色干部服，戴了两个白罩袖，下身穿了一条灰裤子，脚上穿了一双黄色的解放鞋。他并不理会孩子们的围观，而是蹲下生火。他用火柴先将麻秆点着，然后用麻秆去引燃劈柴，不一会儿，炉膛里的火便噼里啪啦地燃烧起来。他将锅坐在火上，盖上锅盖，然后又到另一头忙活；他从一个抽屉里取出一碗馅料，又从另外一个抽屉里取出切得方正的面皮，然后用筷子开始包了起来。

孩子们问这是什么，这个中年人笑着回答说是馄饨。路灯照到他的牙齿上，显得牙齿很白。这时，大家才看清楚他的模样，他长得挺和善的，面容清癯，唇上还有些微的胡须，一看就不是本地人。嵩阳人对外地人一律称"蛮子"，无论这个人来自哪里，只要不是本地人，都叫蛮子。对外地人说话也评价说，说话"老蛮"，听不太懂。一个"蛮"字，就代表了嵩阳人对外地人的态度。

那个蛮子一边包馄饨，一边和孩子们说话。有胆大的孩子问他是哪里的，他说是江苏的。然后他问孩子们想吃吗？孩子们都七嘴八舌地回答想吃！江苏蛮子却哈哈笑着说，想吃找你们爸妈要钱去，我这馄饨可好吃了。孩子们听了这话，都咦了出来，那"咦"字尾音拖得很长，表达了他们的不满。

一个叫建伟的孩子问："那你这馄饨多少钱一碗啊？要是不好吃咋办？"

江苏蛮子说："一毛五一碗，老好吃了，不好吃我退你钱。去吧，找你爹妈要钱去。"

这时节，父母早就睡了，即使不睡，谁又敢去要钱说买吃的呢？平时要个零花钱都是难事，更别说买吃的，往往还没吃着，就会落个吃嘴的名声，弄不好还挨一顿打呢。孩子们凑在一起，小声地议论着，准备凑钱买一碗，尝尝这馄饨到底是啥味道。

说实在话，嵩阳城没有馄饨，这第一次出现在嵩阳城的馄饨，居然还是晚上来的，孩子们都好奇，但毕竟大家日子过得都穷，谁会舍得掏闲钱吃嘴呢？

过了一会儿，水开了，江苏蛮子将劈柴从灶膛里撤出一些，又拿出梆子敲了起来，"笃，笃笃"，嘴里喊着"鲜肉馄饨——"，尾音拉得很长。

这时，从西街过来了两个人，看样子是某单位上班的，收拾得干干净净的，推了自行车，边走边谈。二人围到馄饨摊前，他们也没吃过，但他们有钱。二人问了价格，其中一个人就付了三毛钱。

江苏蛮子数了一下馄饨，就下到滚锅里了，炉膛里又添了把柴，盖上盖子煮馄饨。然后他拿出抹布擦了两个碗，拉开一个专门放配菜的抽屉，飞快地在碗里放上酱油、香菜、榨菜、紫菜等佐料，还剜了一团猪油放在了碗里。

水开了，他将开水浇入碗中，空气中就弥漫起一股香味。没过一会儿，他用笊篱把馄饨分别盛入两个碗里，两碗馄饨就做好了。

那两个食客，就站在挑子前，拿了小汤匙舀了馄饨吃，吃得嘶嘶哈哈的，一边吃还一边吧唧嘴，看样子真的很好吃。两人边吃边交流，还不时和江苏蛮子聊几句。孩子们围着看，虽然只是看个稀奇，但似乎有人在咽口水。

二人吃完馄饨，连声说好吃，都伸出了大拇指叫好。那江苏蛮子一脸笑容，似乎很得意。

二人走后，街上又只剩下了卖馄饨的和孩子们。江苏蛮子看着孩子们说，我今晚给你们煮一碗，让你们尝尝什么味道，明天你们要向爸妈要钱来买啊。

孩子们听了这话，无不欢呼雀跃。

江苏蛮子用指头将孩子们数了一遍，总共是八个孩子，他就下了八个生馄饨，碗里的佐料倒是一点不少。馄饨很快就煮好了，江苏蛮子将馄饨放在挑子的平板上，让孩子们排队轮着吃，每人一个馄饨，喝一口汤。

孩子们很听话，排队依次吃了一个馄饨、喝了一口汤，然后大呼小叫地跑开，给后面的孩子让位。别说，这馄饨就是好吃，皮薄而光滑，汤味鲜美，比家里的饭好吃多了。虽然肉少了一点，但真的有肉，那肉味足以唤醒孩子们所有对肉类的美好回忆了，只是太少了，一个人就吃一个，真不过瘾。

江苏蛮子问孩子们："好吃吗？"

孩子们回答："好吃！"

江苏蛮子说："明天向你们父母要钱，来买馄饨，好不好？"

孩子们回答："好！"

夜深了，孩子们都各自回家睡去了。

江苏蛮子依然守在路灯下面，不时敲一下梆子："笃，笃笃——"，声音传得很远、很远。

砸杏核

杏是北方最常见的应季水果了，杏花开的时候预示着春天来了，杏子熟了的时候则是夏天来了，这种平凡的水果，北方到处可见，也就谈不上珍贵了。

小时候物质贫乏，人们都饿肚子，能够吃点水果，就觉得很幸福，杏以独特的口感，给人带来的乐趣和快乐最多。杏花落后，杏树上结出青杏，就有嘴馋的小孩摘着吃。那青杏的味道非常酸，咬一口后无不龇牙咧嘴，众人皆哈哈大笑，这可能就是吃杏带来的快乐。

青杏的杏核是软的，白色的，外面包裹了一层薄膜，看着十分可爱。一个本家的姑姑大我好多岁，那时经常带着我玩。她对我说，这个会暖出鸡娃，要放在耳朵眼里，暖21天就暖出小鸡娃了。我深信不疑，毫不犹豫地将两个耳朵都塞了杏核，整整塞了两天。后来被祖母发现了，祖母问我缘故，我如实回答了，祖母哈哈大笑，说你这孩子心眼实在，她是哄你玩的，你还当真了！

等到小满一过，田地里的小麦泛黄的时候，杏子就熟了，这时成熟的杏属于早熟品种，叫麦黄杏。等到全面开始收麦的时候，各个品种的杏子也就渐次熟了。田边地头有野杏，野杏没有嫁接，结的果子小，口感酸涩，甜度不高，人们蔑称这种杏为"羊屎蛋杏"。

那些种植在果园的杏，大多是精选的好品种杏，有太阳杏、白蜡杏、巴旦杏等。太阳杏颜色橙黄，果体较大，个个如乒乓球大小；白蜡杏颜色偏白，肉质较厚，这些年已经不多见；巴旦杏杏仁可食，当地人称为甜杏仁。我本不知"巴旦"是哪两个字，早年去新疆，新疆有售巴旦木的，虽是桃仁，却始悟得巴旦杏应该也是如此写法。

一般的杏仁味苦，可入药，是一种中药。那时，人们普遍都穷，小孩也没有什么玩具，杏核就是一种很好的玩具。吃完的杏核，小孩们积攒一大把，然后找小伙伴斗杏核。具体的斗法很简单，每人兑出同等数量的杏核，摆在半块砖头上，锤包剪定先后，然后用手中的杏核垂直自由落在砖头上，被砸掉的杏核归自己所有，砖头上的杏核掉完，一盘结束，然后继续兑杏核玩下去。这种斗杏核的游戏，两个人可以玩，三个、四个人都可以玩，略带一些赌博的意思，所以小孩们的兴致都非常高。

一般兑的杏核都是小的，手里留的那颗大的，我们称为"大该子"，"大该子"必须个大、沉重，落在砖上要有冲击力，才会将那些小杏核砸下去。手里有一个"大该子"，是令其他小伙伴羡慕的事情。当然，也有走背运的时候，如果运气不好，处置不当，"大该子"会落在砖头上，别人点下来，也就易主了，这个是玩斗杏核的大忌。

还有一种玩法，是在地上挖个小坑，然后参加游戏者将杏核放入，锤包剪见输赢后，开始用手中的"大该子"抡圆了去砸坑里的杏核，砸出多少要多少，全部砸出了继续下一局。

杏子下来的那几天，收集杏核成了男孩子们的乐趣，男孩子们将到处捡来的杏核略加清洗，就开始玩斗杏核。那时，在上学或者放学的路上，会见到许多小孩在乐此不疲地玩这个游戏。在这个季节里，一个男孩口袋里要是掏不出一把像样的杏核，那是会遭到小朋友们耻笑的。

我那时也喜欢玩这个游戏，有一年，我无意中吃到了一个大杏，是我家一个亲戚带来尝鲜的，说是美国的品种嫁接的，我吃完了杏，就得到了一个利器，一个非常大的"大该子"。这个利器是一般杏核的三四倍大，我一出手就镇住了众人。在那个初夏，这个"大该子"为我赢得了许多杏核，我把赢来的杏核都送给了祖母，祖母就摊在窗台上晾晒，然后用罐子收纳。

到了来年的正月十五，祖母做油茶的时候，这些杏核被砸碎取出杏仁，然后就派上了用场。祖母将杏仁反复浸泡，除去杏仁的毒性和苦味，高温熬煮后放在油茶里，就成了一道很好的美味。

后来，我在饭店里吃过洋葱拌杏仁，那杏仁一点也不苦，香味也不是很明显，明显是类似巴旦杏的品种；倒是那种叫杏仁茶的饮料，杏仁味非常的浓，但据说也是化学合成的味道，里面真正杏仁的含量少得可怜。

如今日子好过了，小孩们的玩具五花八门、应有尽有，恐怕再也没人去玩杏核了吧？

比　武

　　电影《少林寺》上映后，少林武术随之热了起来，外地不少人来到登封学拳，有的甚至是瞒着家人来少林寺出家的，当时学武术是一件很热门的事情。登封本地也鼓励青少年们学少林武术，要求各个学校体育课上要教少林拳，一时间，登封成了名副其实的武术之乡。

　　我们学校也开了武术课，老师在体育课上教同学们练少林拳，我记得教的有小洪拳、大洪拳、朝阳拳、五步拳、通背拳等，我似乎每个拳都学了一些，但好像都打不全，时隔多年，除了极个别动作能记起来，其余的全部忘完了。当有人知道我是登封的，让我表演少林拳的时候，我总是尴尬地笑笑，我是真的忘完了，真的不会打了。虽然我是正宗的登封人，少林寺距离我们家只有十几公里，但就像不是每个山东人都会开挖掘机一样，我真的不会少林拳。

初中，每天早上自习前，我都会趴在栏杆上做俯卧撑，坚持练习了好长时间。后来在地上铺了报纸做，最多的时候，一口气能做一百个，被称为奇观。我们的体育老师专门看过我做俯卧撑，给我点过大拇指，称我俯卧撑做得好。后来体育老师和别的老师抬杠，说我能做一百个俯卧撑，还专门把我叫到他们的办公室给其他老师表演，表演的结果是我为老师赢来了一盒"芒果"烟。

除了俯卧撑，还有引体向上。我的引体向上除了在单杠上练，还在门框上练，走到教室门口，我总要跳起来抓着门框做两个引体向上才过去。我一口气做二十个引体向上，好像是很轻松的事情。至于在单杠上大回环，都是无师自通，自己摸索出来的。由于经常玩单杠，我的双手布满了老茧，许多年之后才逐渐褪去。前天我审视我的手掌，发现原来有老茧的地方已经平了，没有留下任何痕迹，我原以为那些老茧会伴我终生，没想到也就是不到二十年的时间，已经一点都没有了，仿佛从来都没有过。从另一个角度来看，我这些年来，一点出力活都没干，所以才会养得细皮嫩肉、白白胖胖，惭愧惭愧。

前一段时间我刷到一个视频，让一个班里面的男生做引体向上，居然没有一个能做成的，想想我在那个年纪的二十个引体向上，我觉得现在的孩子们真是缺乏锻炼，体能下降得太厉害了。

18 岁那年，我和别人有过两次比武，所幸都赢了，所以记得比较清楚。那年的秋天，我从居民点（登封的老地名，今已不存）的小路回家，走到枣园的时候，看到三个人在那里练拳，都戴了拳套，看上去很像回事。三个人中有个叫文欣的我认识，他和我打招呼，问我去哪里，我说回家去。文欣说，敢不敢来打一局，我几乎没怎么犹豫，就答应了。文欣让其中的一个年轻人和我对打，那年轻人是浙江的，专门来少林学拳的，已经来了好几年了。

我接过文欣递过来的拳套，文欣帮我系好带子，然后充当裁判，比画了一下，我们就开始比武了。规定只用拳头打，不用腿踢，点到为止。比赛一开始，我用左拳晃了一下，右拳就直接打到了对方的太阳穴，对方没料到我出手这么快，结结实实地挨了我一拳。然后我就直拳摆拳组合，打击基本密不透风，打得他绕着园子跑。三分钟后，比赛结束，我以完全的优势取胜。文欣说："可以啊老弟，看不出这么猛！"另外一个叫小万的人说："摆拳打得漂亮。"和我比赛的那个浙江人，只是一脸苦笑，我把他的脸都揍肿了。

还是那年的冬天，一天晚上，我和一个朋友到少林大道一个武师家里玩。他们家大概就在现在万家超市附近，那时还是低矮的民房，他家虽然临少林大道，却比少林大道低两米，一层像是地下室一样。我不认识那个武师，但朋友认识他。那个武师姓孙，五短身材，当年看不出惊人的地方，如今却是著名的拳师、政协委员，也算是知名人士呢。

孙武师在家里带了两个外地学生，一个个子大，另一个个子小，这两个学生吃住就在孙武师的家里，每天跟孙武师练拳。我们去孙武师的练武场聊天，那两个学生在打沙袋。聊了一会儿，孙武师说和我的学生耍一会儿吧，我说行啊。孙武师将那个大个子学生叫过来，说你们比试一下，以武会友，不能出狠招。那人身材瘦长，剃了个光头，看着挺精神的。我们戴上拳套和护具，分红蓝两色，我是蓝色，对方是红色。

比赛一开始，我就发现对方并不经打，虽然个子比我高，但我还是能击中他的头部，我的大摆拳还是很见效果的，几个回合下来，他只有招架之力，根本没有还手的机会。孙武师用凄厉的口哨中止了我们的比赛，并用身体拦在了我们之间。

比赛前后不过一分钟的时间，孙武师大声呵斥着他的学生，说平时怎么教你的，你怎么一招也用不上，个子恁大，有什么用处！他觉得他的学生输给我，好像是不应该的，是很丢人的事情。那学生只是用手摸着头，并没有解释什么。我们见此情况，也就向孙武师告别了。孙武师依然在向学生发脾气，并没有送我们。

走到少林大道上，我的那个朋友哈哈大笑，说薛明辉，看不出你斯斯文文的，拳打得不错啊！我赶紧吹嘘，自己从小练少林功夫，当然不是白练的。那朋友问我有没有兴趣去给别人当保镖，他可以介绍我给大老板当保镖，当秘书，这一身的好武艺，不去干点什么可惜了。

我当然愿意。回家后，又买了许多技击实战的书，坚持在家打沙袋，每天练习仰卧起坐、俯卧撑，练了好长时间，希望那个朋友能早日把我推荐给大老板。

但好景不长，第二年春天，这个朋友酒后和人飙车，几个人驾驶一辆摩托车，当场摔死在了迎仙阁下，此事再也没有人提起，我的保镖梦也就断了。

惊魂夜

　　那时，我刚上班不久，单位里有几个年轻人能合得来，于是就经常在一起吃饭、聊天、打牌。往往是其他人下班了，我们几个人找个小饭店，搞几个菜，弄一瓶酒喝喝，在一起吹牛聊天。

　　吃完饭还不尽兴，就再回到办公室，关了门打牌。我们总共有四个人，一般是打双升级，有几次竟然打了个通宵，一大早有说有笑地跑到"登封第一汤"，一人喝一碗热乎得烫嘴的胡辣汤，然后去上班。

　　我还记得那是一个圣诞节，和今天不同的是，那是一个有雪的圣诞节，是一个白色的、银装素裹的圣诞节。小城里没有人过圣诞节，那天下午下班后，天已经黑了，因为头天下雪，我们四人步行到市委招待所门口的川菜馆里吃的饭，喝了一斤"老白汾"。后来觉得不够，又添了一斤"老村长"。

　　天气实在是冷，路上都是冰溜子，一不小心就会打滑摔跤，我们小心翼翼地走着，一路上见到不少人摔跤，人群中不时发出哄笑之声。短短一公里多的路，我们喝了点酒，走得越发小心，差不多走了四十分钟，终于从饭店走回了单位。

回到办公室，每个人都是一头汗，汗水在灯下冒着白气。我们整理了一下衣着，就开始拉桌子、摆椅子打牌。先是打起了双升级，打了两局，就已经接近12点了。

单位的暖气很给力，我把外套脱了，还是感觉很热。因为喝了酒，我感觉很渴，就不住地喝水，喝了有四五杯水。我一看快12点了，就提议结束牌局，都回家睡觉去。但其中一个名字叫伟的同事不同意，说再打两把，这里这么暖和，继续玩吧。其他两个人也随声附和，说就是，干脆再玩一把"五十 K"。看他们都不想走，我只好坐下继续陪他们玩。

我们打的"五十 K"，画老鳖，这其实是带一点侮辱性的玩法：把每人的姓名写在纸上，输一把就画个圈，也就是鳖盖，然后画头，再依次画老鳖的四肢，最后画个尾巴，这一局就算结束了。

已经是后半夜了，人的笑神经格外敏感，每次我执笔画老鳖，都会引起其他人的大笑，这也是这个玩法吸引人的地方。四个人正在兴高采烈地打着，我对面的伟忽然说："先帮我起着牌，我肚子疼，不舒服。"然后他就去了厕所。

旁边的人替他起着牌，过了一会儿，伟回来了，继续坐下打牌。一把牌没出完，他捂着肚子说："不知怎么了，肚子太疼了，疼得受不了。"

我说："早就说结束，你不让结束，开始打了你说肚子疼，肯定是装的。"

伟说："辉哥，我真没装，我肚子真疼。"

忽然他把牌丢下了，双手捂住了肚子，头上出了很多的汗。我觉得他不是装的，于是让那两人给他倒水，问他到底是咋回事。伟说："不知怎么了，肚子疼得像刀绞一样，疼死我了。"

我看了看手机，已经一点多了。我想了一下，提议说我们直接去医院吧。伟无力地点点头，表示同意我的提议。我知道伟的家不是登封的，是许昌那边的，他自己考公务员考到登封，家人都不在身边，平时在登封也没有什么朋友，这个时候，只能我们拿主意了。

好在医院就在单位的隔壁，走路十分钟就到了。在送伟去医院的途中，他已经疼得直不起腰了，嘴里发出痛苦的呻吟，是我们三人连搀带抬把他弄到了医院，这时已经两点多了。

我跑到急诊室里叫医生，医生马上做了检查，很快就出结果了，急性阑尾炎发作，需要马上做手术。医生问我们谁是病人家属，我们三人都摇头。我告诉医生，病人家不是登封的，是外地的，家属根本来不了。医生说，那你签字！

我毫不犹豫地在手术通知单上签了字，然后就看见伟被推进了手术室。我们三人就坐在医院的走廊上等。走廊里也有其他人，都是些住院的病人和陪护的家属。

等了半个多小时，伟从手术室里被推了出来，他在担架上已经睡着了。医生告诉我们："手术非常顺利，现在是微创手术，只在肚皮上开了三个小洞，利于患者康复，以前的话，要在肚皮上拉一刀的。病人打了麻药就睡着了，麻药还没过去，你们需要在病房照看，有什么事情随时找我。一会儿门诊上班了，你们把费交一下。"

于是，我们三个就在病房里守着伟。伟一夜没醒，一直在呼呼大睡。早上 7 点多的时候，他醒了，开口就是感谢我们。我倒没有说什么，只是像医生说的那样，告诉他："你运气好，现在是微创，要不非把你肚子翻开不行。"

伟咧着嘴笑了，说不敢笑，笑了刀口疼。

一周后，伟出院了，他对我们说："真的感谢你们，没有你们说不定我就疼死了。这个圣诞节过得有意义，让我终生难忘，以后我们哥几个圣诞节都要在一起过，永远记住这段友谊，这份感情。"

一晃 20 年过去了，可能我们第二年圣诞节的时候又在一起玩了一次，但以后就没再联系了。我和伟也多年没见面了，但我知道，他和我一样，一定会记得这个圣诞节的。

游　泳

　　我记得小时候，最快乐的日子莫过于暑假了。暑假的时间长，可以去河里游泳，可以吃西瓜，可以天天和小伙伴们疯玩，这些都是其他假期不能比拟的。

　　暑假里最大的快乐是游泳，我们当地叫"凫水"。虽然登封是山区，水资源一直很贫乏，但也阻挡不了孩子们凫水的兴趣。会凫水的在机井、水库里游，不会凫水的在河里游，凫水是那个年代最受登封男孩子们欢迎的游戏项目，没有之一。

　　我是十岁左右学会的凫水，刚开始是在河里学憋气，在没过肚子深的水里憋着气游，后来克服了紧张的心理，就敢去机井里游了，而且越来越熟练，学会了好多种花样，从狗刨到仰泳、自由泳、蛙泳、蝶泳、潜泳乃至跳水，逐渐都学会了，甚至学会了高台跳水，这些几乎都是无师自通的。

　　那时的游泳，是清一色的裸泳，大多数是小孩子，也有年轻人，很少见上了岁数的人。一个个在机井或者水库里游来游去，累了就顶着烈日在机井的水泥边上晒，一个个晒得像黑猴子一样。那个时节，很少见到胖人，都是精瘦精瘦的，黑黢黢的，谁也不笑话谁。

我祖父是严禁我去凫水的，惩老人家嘴边常挂的一句话：淹死的都是会凫水的。他对我看管得很严，每天中午要看着我午休，我们的床脸对脸，可十有九次是我等他开始打呼噜了，就蹑手蹑脚地走出去，一路跑着去北河凫水了。不过事情过后，其实祖父也不会说什么。

我会游泳后，几乎游遍了登封城区所有的机井，甚至连高庄、菜园、谢庄的机井都去游过。我们家是东城门里的，属于北街村，北街村的机井更是游遍了。鸡蛋池、疙瘩池、养鱼池、老刁池子、棉织厂池子，我全部游过。这些所谓的池、池子，都是孩子们起的名字，其实就是一个个分布在农田的机井。鸡蛋池是椭圆形的机井，像个鸡蛋，所以叫鸡蛋池；疙瘩池是圆形的机井，面积很小，只有那么一小疙瘩，所以叫疙瘩池；养鱼池是曾经有人往里面放过鱼苗，有专人看管，后来虽然不养鱼了，孩子们还是习惯叫养鱼池；老刁池子是因为看机井的人姓刁，常年住在水泵房里，所以孩子们就将机井命名为老刁池子。老刁是山北偃师人，是东街的女婿，家穷的缘故，一直就住在水泵房里，估计早已经不在了。（老刁池子毁于20世纪80年代中期，当时下了一夜大雨，老刁池子就溃坝了，次日我们见到的时候，已经被夷为平地。）棉织厂池子是因为机井毗邻登封县棉织厂，所以被命名为棉织厂池子。

东关还有两个有名的机井，一个是百米池，百米池是个大机井，东西的长度大概在一百米，故此得名。百米池的位置就在现在滨河路和菜园路交界的地方，也就是水利仓库那个地方，当年因为地利，去凫水的人很多，整个机井旁人声鼎沸，都是赤条条的男人，也算是登封的一景。百米池处在东关村和北街村的交界处，两个村子里的男孩子都去那里凫水，所以发生点摩擦也是在所难免的。

东关另一个著名的机井叫东关大池子，东关大池子其实不大，但是地理位置更佳，就在中岳大街的桥头，也就是现在"马老三烩面""汤汤汤"那里。水泵房就临着中岳大街，后来某个饺子馆就开在那个水泵房里，开了许多年。

这个东关池子去游泳的人也多，下午的时候就有人在那里游，机井边都是赤条条的汉子，十分不雅，但也没有人去干涉。最要命的是，当时公共汽车还走中岳大街，准确地说那时的中岳大街其实就是一条公路，走到桥头已经出城很远，再往东去都是麦地了。桥头对面是土产公司仓库，门口就竖了一个指示牌，上书两个大字"登封"。时有外地的旅游观光车路过，机井旁边全是赤裸的男人，想想也难为情，但这是那个时代的实情。

我游泳也惹过祸，不过都是有惊无险的。有一次是在东关大池子凫水，当时有人开了水泵在抽水，我和小伙伴们在这里凫水，水泵漏电，水里麻酥酥的，我警觉起来，穿衣走人，现在想想也是后怕，其实生死就在那一瞬间。还有一次是去百米池玩，我脱了衣服，直接从五米高的机井上头朝下跳，站起来后才发现水很浅，只没过了我的膝盖。我当时跳水的姿势是双手举起，身子和水面平行，如果是头朝下九十度入水，小命将不保矣。那毕竟有四五米高，我的脸部和肚皮都有擦伤，一道一道的血印，把一群人都惊呆了。

还有一次是我学会了倒着入水，就是背部朝着水，背栽跟头式地入水，也是仗着胆大，自己练会的。那次在棉织厂池子，我站在上面背栽下去，结果身体仰得太狠，头直接转了回来，结结实实地撞在了石墙上，当时就体会到了什么叫眼冒金星，所幸没有出血。

说到跳水，我曾经从棉织厂池子、百米池、疙瘩池的水泵房上跳下，都是头部入水，并且从电视上知道水花越小越好，苦练过多次。百米池的水泵房到水面，少说也有五六米，棉织厂的也有三四米。那时真是初生之犊不畏虎，现在说什么我也不会跳了。

现在想想，少年顽劣的我，能活到成年，简直就是一个奇迹。那时的小孩都是放养的，没有骄娇二气，那个时代一去不复返了，幸甚幸甚。

老炮台

　　同学送给我一些宁夏特产八宝茶，我每天都在喝。每天早上泡一杯，慢慢地啜饮，已经喝了好几天了。我仔细地将其中的物件拿出来看了看，里面有茶叶、枸杞、玫瑰、红枣、沙枣、芝麻、橙片等物，配以冰糖，茶是甜口的，是名副其实的八宝茶。

　　类似的好茶我以前是喝过的，最早可以追溯到二十多年前，那时候刚开始学喝茶，就是喝的这种复合茶，用的盖碗三件套，雅称"三炮台"。那时，登封人刚开始学喝茶，就有人引进了这种茶。我们也没怎么喝过茶，再加上这种茶有甜味，于是就以为这种茶大补，是茶中的正宗，以每次去茶馆喝一杯三炮台为荣。

　　那时去茶馆的人很少，能去茶馆的人都是很体面的。我还记得那种茶碗，粉红色的瓷杯，上面印了一个寿字，大致是学清人的风格。以前的见识也少，只是在电影里见过那些脑袋上有花翎的家伙，拿着盖碗吹着喝茶，潜意识里就以为这种喝茶的方式就是正宗，所以一旦在生活里接触到，便觉得这三炮台的盖碗茶就是正宗的茶。

开茶馆的是我同学，向我忽悠这茶有功效，说得神神秘秘，好像喝了此茶就有万妇不当之勇。他说得猥猥琐琐，我听得将信将疑，我将茶水一杯又一杯地灌入腹中，喝到那茶一点儿甜味都没有了，还将里面的枸杞、红枣之类的东西都吃了，也没有觉得有什么厉害，还是和平时一样。

单位里有个老兄，家是农村的，自己一个人在城里工作，每天下班了喜欢和我们这些小年轻处在一起。有些时候喝酒聊天，有些时候唱歌听曲，我们都尊称他为大哥。那天，我和大哥聊起了八宝茶、三炮台，他听得饶有兴趣，示意我下班了带他去喝茶。

后来，我真的带他去喝了三炮台、八宝茶，喝的时候，茶馆美貌的领班还有我的同学，一直强调这茶的功能性，在这种仪式下，大哥喝得很认真，一脸虔诚，好像进了寺院。大哥喝一口茶，脸上若有所思，似乎感到痛苦和迷惑，最终又一脸的安详，看得出大哥是一个很认真的人。

第二天，大哥神神秘秘地告诉我，那茶很管用，嫂子很满意。

原来，那天晚上嫂子来看望大哥，留宿在了城里。

我脑子转了转，也没说什么，只是点点头笑笑。后来大哥成了我在单位里的知音，或者说是靠山，大哥有什么事情都和我说。我后来还带大哥去喝过很多次茶，我们每次什么都不点，就点三炮台盖碗茶，大哥依然喝得津津有味。大哥好像没记住茶的名字，每次去点茶都叫"老炮台"，以至于去茶馆的次数多了，人家服务员都知道他，背后给大哥起了个名字叫"老炮台"。

一晃很多年过去了，大哥也于前些年光荣退休了。大哥退休后，依然热爱桑梓，服务乡里，成了乡里有名的"先生"。正在风光之际，病魔却无情地袭击了大哥，大哥在一次操劳过度后，中风瘫倒了，成了半身不遂，失去了行动能力，虽然保住了性命，却只能依靠轮椅度日了。

我是很久之后才听说这个消息的，终于等到有一天的空闲，我去看望了大哥。大哥看到我就哭了，哭得一把鼻涕一把泪的，看着像受了天大的委屈。他旁边有一个女人，应该是嫂子，她说："别在意啊，他见谁都是这熊样，见谁都哭，不知道的还以为我们虐待他了，净是装的。"

我也不知道说什么好，只是木讷地应了一句，和大哥说了一些宽心的话，无非是告诉他，安心养病，相信科学，有一天肯定会恢复健康的。大哥逐渐也平稳了许多，也能呜呜啦啦地和我们说一些家常话了。

过了一会儿，嫂子去厨房了，她是要安排午饭，让我们在她家吃饭。只剩下大哥和我单独相处，大哥面含笑意，口齿也变得清晰起来，他低声地说："兄弟，那年你让我喝的老炮台，我这辈子都不会忘记啊！"

说普通话的老师

　　李健仁是完中的老师，头年师范学校毕业后就被分配到了嵩阳城的完中。"完中"是既有初中，也有高中，很完备的意思。李老师也就是二十多岁，说着不太标准的普通话，仔细听里面有很多蹩脚的地方，用我们老家的话形容就是"听一会儿鸡皮疙瘩都出来了"。但李老师坚持说着普通话，好像是在告诉人们，他是从省城回来的，让人们不可小觑他。

　　李健仁老师的哥哥叫李健生，也是我们学校的教师，教的是物理和化学，常年穿着发白的中山服，戴着白罩袖，看上去非常忠厚老实。当人们把这哥俩放在一起比较的时候，会发现二人的反差太大了，根本看不出这是亲弟兄。有人给李健生说起他弟弟说普通话的事，李健生摇摇头说："我能有什么办法呢？"

　　李健仁和李健生因为说普通话的问题没少争吵，李健生告诫李健仁，毕竟嵩阳城地方小，都是乡里乡亲的，说哪门子普通话呢？李健仁告诉他哥，城市里面都说普通话，说普通话是文明的象征，是文明的走向，总有一天人们都会说普通话的。李健生却说，城市是城市，嵩阳是嵩阳，咱家人老几辈，没被人在背后说过，你这倒好，出去上了两天学，别的没学会，倒学会耍洋腔了，洋腔怪调的，你不怕人家笑话，我还怕人家笑话呢！

做哥哥的最后也没有说动弟弟，弟弟一直在嵩阳城坚持着说普通话，也因此被人起了外号"洋腔"，这个外号传得很远，好多人都知道完中有个"洋腔"老师。有同学在背后喊他"洋老师"，有几次甚至当着面叫他，弄得李健仁老师很不高兴，觉得这是对他的侮辱，非要让那个学生叫家长不行。

平心而论，李健生、李健仁这名字起得没什么问题，就是父母希望孩子们能够健健康康，能够有仁和之心。但耐不住孩子们的鬼点子多，西关的一个姓石的坏孩子，居然称呼李健仁老师为"李贱人"，老是说"贱人"怎么着怎么着，李健仁老师的哥哥也因此受了连累，被称为"李贱生"，贱人、贱生，伤害性不大，侮辱性极强。

有一天下午，李健仁老师从班里回自己的寝室，路上偶遇了姓石的那个孩子，那个孩子嘴贱，就在李健仁老师要过去的时候，冲着李健仁老师的背影说了句："贱人。"声音虽然不大，但清清楚楚地传到了李健仁老师的耳中，李老师扭过头来，冲着那姓石的孩子说："你说啥？你在骂谁？"那姓石的孩子嘴上犟着说自己没说什么，却扭头撒丫子就跑。

这事搁平常，李老师也就算了，不会做太多的计较。但那天李老师不知道哪来的脾气，大喊一声："你别跑，看我咋收拾你！"就跟在那石姓孩子身后撵了起来。事后，有目击的同学说，李健仁老师发脾气的时候，普通话都忘说了，说的还是嵩阳土话，看来是真生气了。

李健仁老师和石姓少年像汤姆和杰瑞一样，不知道在学校跑了多少圈，最终李老师抓住了石姓少年，并且结结实实地扇了那孩子两个大耳光，李老师边打边说："你侮辱我多次，不打你还翻了天了！""你这样的熊孩子，教育好了也是个流氓，我替你父母教训你！"

那石姓孩子被打得哇哇大哭，双手抱着头，嘴里却不认输，一直在嘟嘟囔囔地骂着。后来，有其他老师过来，拉住了李老师，这才结束了这场闹剧。李老师气愤地回寝室了，只剩下那个石姓的孩子一边哭一边问候李老师的祖宗十八代。

因为是上课时间，这场闹剧的目击者并不多，所以很快就没了声息。

三天后的一个早上，一个穿着黑色棉袄的中年男人带着石姓的孩子站在了李健仁老师寝室的门前。中年男人是孩子的父亲，听说了孩子在学校发生的事情，这是来找李老师说事来了。男人一路骂骂咧咧的，孩子怯生生地跟在父亲的身后，早失去了平日的机灵与威风。在他们的身后，是一群喜欢看热闹的孩子们。

李老师拿着毛巾从屋里走了出来，看样子正在洗漱。他依然用他不标准的普通话问男人有什么事，那男人说："你就是李老师？"然后从身后拉过孩子，啪啪就是两巴掌打在孩子的身上，说："我管教不严，孩子得罪老师了，我给李老师道歉来了。"

李老师忙将毛巾搭在肩膀上，上前拉住中年汉子的手说："哎呀，您这是干什么？孩子家，说说就得了，不必再动手了。"那中年汉子随即停住了手，嘴里一个劲儿地向李老师道歉。

李老师说："没事了，这事过去了，我们以后谁都不提这事了。"说着还用毛巾给那石姓孩子擦了把脸，雪白的毛巾立刻就变脏了。

那中年汉子搓着手说："我们是粗人，平时也不会教育孩子，老师该打就打，我们当家长的绝对不会糊涂，老师打学生是天经地义的，就像小树不去杈是不会成才的，老师今后还要多管教孩子。"

那汉子又对孩子说："你就老实点吧，你连老师的相都出，成天出老师的相，长大就是进公安局的客！咱家人老几辈可没丢过这人。"

李老师对围观的学生说："同学们都散去吧，都准备准备，马上开始上课了！"李老师的这几句普通话，说得似乎很溜，比平常标准多了。

吃人肉

幼时家贫，我又体弱多病，整天面黄肌瘦的，父亲说我像逃难的难民。也难怪，我站在同龄人面前，总是矮一截。主要的原因是我胃口不好，饭量不大，对那些粗茶淡饭总是草草吃两口就算一顿，以至于祖母说我是"奸馋"，这倒不是骂人的话，只是说我挑食而已。

我家后院住了个老中医，在嵩阳中医院上班，每天上下班会从我们前院穿过。有一天，母亲拦住了他，让他看看我究竟是怎么回事。老中医一脸慈祥，摸摸我的头，翻开我眼皮看看，然后下了结论，说这孩子没什么事，就是缺乏营养，给他弄点东西补补就好了。

那时节的饭菜，基本一半都是粗粮，勉强果腹而已，一年难得见两次荤腥。没办法，那时候普遍是这样，吃饱都不错了，哪里还会有过多的讲究，就更不要说什么营养品了。老中医这随口一说，却成了母亲的心病，往后的日子里，她老是惦记着给我弄些营养品补补。

于是，母亲会经常给我冲一杯白糖水，在她的认知里，白糖就是上好的补品了。有时还会从野外弄些爬叉、蜂蛹、蛞蝓等，在勺子里弄一点儿油炒了，撒点盐让我吃。她怕我不吃，总是会对我说，赶紧吃吧，吃了就不缺营养了。这些虫子经过简单的烹饪，闻着喷香，味道好着呢，我往往是吃得满嘴流油而意犹未尽，总是抱怨母亲捉得太少了。

一天傍晚，我正在街上和街坊小伙伴们疯跑着玩，忽然听见母亲叫我。我正玩到兴头上，有点儿不情愿地来到母亲的面前。母亲一脸神秘，摆手让我跟她回家，小声说让我回家吃肉。我听到吃肉，马上为之一振，也顾不得和小伙伴打招呼，飞快地跟着母亲回到家中。

回到家里，天都已经擦黑了，人基本只能看出个轮廓，眉眼都看不清了。但家里的规矩是，不到黑透是不准开灯的。母亲熟练地从锅里捞出一块肉递给了我，我毫不客气地接过来，站在那里摸黑一口气吃完了。这肉纯粹是瘦肉，对多天不见荤腥的我是意外的惊喜，可是这肉的味道我却是第一次吃到。

我抹抹嘴，问母亲这是什么肉，母亲说有肉吃就行了，你还管是什么肉呢，吃了补充营养的。我不死心，掀开锅盖看了看，里面已经没有肉了，于是就又跑出去玩了。

又过了好多天，有个星期天，母亲和隔壁的李大妈闲聊，说起了小孩营养的话题，说到了吃什么最补，我忽然听到母亲说，她去乡卫生院，托人弄来了衣胞，煮煮让我吃了。

李大妈走后，我缠着母亲问什么是衣胞，问什么时候可以再吃衣胞。母亲依然是满脸神秘，笑着给我解释衣胞就是小孩的胎盘。我听了很平静，并且有点儿得意，人的衣胞我都吃了，不就说明我吃过人肉吗？

在学校和小伙伴们闲谈吹牛的时候，大家都在吹自己吃过什么，我骄傲地说我吃过人肉。小伙伴们当然不相信，我把经过说了一遍，大家都很佩服。后来这事传开了，同学们都知道这个学校有个吃过人肉的小孩，还有人专门跑到我们班看我，也算是轰动一时吧。

我在成年后看过一本小说，上面说男主的老婆在医院妇产科上班，收集了许多胎盘，焙干磨碎后装成胶囊，让男主行贿送给领导。领导吃了，果然是满面红光，不像那个年龄段的人。小说的名字和内容我都忘了，但这个情节我记得非常清楚，这可能与我童年吃过衣胞有关系吧。

2007年夏天，某富商来嵩阳，电话约我共进午餐。那人是个书法爱好者，和我很能说得来，我们前后一起吃过几次饭。这次午餐约在嵩阳城当时最豪华的酒店，就餐者只有我们二人。在我们觥筹交错时，酒店的总经理在一旁垂手服务，那总经理也是六十多岁的人了，我有些于心不忍。

那天中午，具体吃的什么菜我大都忘了，但有一道菜我记得非常清楚。那道菜用盖碗三件套盛了，盖碗是珐琅彩的，看上去就不便宜。我把盖子取下，只见里面飘了几根虫草，下面是肚片一样的东西。

我虽然没吃过，但看样子就知道价值不菲。我也不好意思问，怕问了显得自己没见识，干脆就埋头大嚼起来。首先是把几根虫草嚼巴嚼巴咽了，其实并没有什么味道；再捞出下面肚片似的东西嚼，感觉火候刚刚好，肉还有一点韧性，我越发认定这就是肚片。

一碗肚片很快就吃完了，汤也非常鲜美，我连汤也喝完了。然后继续和富商说话、喝酒、吃饭，等到午餐结束的时候，我还是忍不住问了服务员，那碗精致的汤是什么汤，那服务员面无表情地说，冬虫夏草炖紫河车。

我心里有点惊讶，想不到酒店里居然有这样的菜肴，看来富商的魅力无穷。我不由得看了一眼富商，他正满脸笑意地举杯向我示意，我赶紧端起来喝了一个。

犬子出生后，母亲从医院里把衣胞用袋子装了回来，让我在院子里挖个坑埋了，说这样孩子就生根了。我低头吭哧吭哧地挖坑，忽然想起，母亲特意把衣胞拿回来掩埋，可那些被人们吃去的衣胞，那些衣胞中的孩子岂不是没有根了吗？

想了一会儿，我脑子里一片糊涂，觉得很累。

喜欢抽烟的老兄

　　书法家和群众的观点往往不一致。群众多是需要一幅内容积极的书法作品，用作品上的内容来激励自己，或者装潢门面，但他们其实大多看不懂里面的字，只是人云亦云地跟着叫好罢了。所以，我们会见到很多"上善若水""厚德载物""天道酬勤"等俗不可耐的内容，你要是真的问起这些内容的出处和实际含义，恐怕能说出来的人不多。

　　我曾遇到过一个求字的老兄，说明了要上述的内容。我好奇地问他："知道这些词是什么意思吗？"这位老兄嘿嘿一笑，说："人家都说好，家里都挂的是这个，那肯定不会赖，咱也挂一个不会有错的。"

　　我摇了摇头，心里其实真的不想写这些内容。但架不住人家掏钱，是真金白银地买字，顾客就是上帝，市场的要求就是这样，怎么能够不写呢？最后，我还是非常认真地给他写了上述内容。

这位老兄满脸堆笑，像得了宝物一样高兴。

老兄得到字之后，和我聊了会儿天。他实际只有小学文化程度，一直是干出力活的，但他很能干，日子过得也说得过去。这些年逐渐上了岁数，也不怎么干活了，反正家里的房租足够他的花销。美中不足的是，老兄家里没有子嗣，老婆怀了几个都没成，最后无奈抱养了一个女孩。据他说，闺女已经大学毕业、结婚生子，时常会回来干些家务。

既然命里没有子嗣，老兄就没有什么动力了，后来每天打牌赌博，麻将、斗地主、牌九都打，几年的时间输了几十万。这几十万也没有伤到他的筋骨，他只是觉得亏得慌，自己辛辛苦苦挣来的钱，拱手送给了别人，搁谁也不会高兴得起来。

一个偶然的机会，老兄走上了字画收藏之路，据说嵩阳城内稍有名气的名家作品，他都会出钱购买，一来二去，家里到处挂的都是字画。他这次向我求字，也是不断听别人说起我，我俩老家住得很近，算是街坊，所以他就直接来找我了。

我记得很清楚，他抽的是一种叫"散花"的香烟，大概是三块一盒。他一支接一支地抽，烧到海绵头了，还不舍得扔。我给他递了一支我的烟，他抬手拒绝了，说自己抽散花一辈子了，别的抽不来，就喜欢散花这个味道。

我问他一天抽几盒，他笑笑说："不多，一天也就是四五盒，两天得一条烟。只要我早上一醒来，除了开车、吃饭，烟就没有离开过嘴。"我听得很震惊，烟瘾这样大的人我是第一次遇到，看看他黑黄色的牙齿，看来此言非虚。

他卷了字走了，说马上找个地方裱一下挂起来，随后还会再来光顾。我很客气地把他送到门外，看他骑了一辆电动车消失在夕阳之中。我记得我当天还写了一篇推文记录此事，说这人义气，虽然是个干出力活的，但知道要字付费云云。

那时赵呆子还健在，还在文章下留言称赞这个老兄。

前天下雨的时候，我下楼取快递。雨中有个人在我家的门楼下避雨，我看了看不认识，也就没说什么。谁知那人叫了我的名字，我仔细看了看还是没认出是谁，直到他报了自己的名字，我才知道这人是前面说的那个老兄的胞弟。但他看上去太老了，头发都白了，脸色黝黑，上面沟壑纵横，怎么看也有六十多岁的样子。

我请他回家坐坐，他谢绝了，说雨小了马上就走，正走着遇到猛雨了，就避一会儿雨。我说没事，来家里坐坐喝杯茶吧。他头摇得跟拨浪鼓似的，说什么也不答应。

我又问他，你哥哥呢？还在搞收藏吗？他脸上迟疑了一下，说："你不知道吗？我哥哥走了两年了。"

我当时就判断出了这个"走"字的意思，急忙继续追问，你哥看着身体挺好的，怎么会这样呢？

他叹了口气说，也不知道是心梗还是脑梗，自己在屋里看字画，一头栽下去就没醒来，等发现时候，人都硬了。这都是前年的事了。

我也跟着叹了口气，说真是想不到啊，你哥还没有 60 岁吧？

他说，哪有，走的时候虚岁才 56，唉，没法说啊。

我们说话的工夫，天逐渐放晴了。他抬头看了看天，就和我说了再见，然后跳着挑干的地方走了。我也拿起快递上楼了，虽然这事和我关系不大，我心里却不大舒服。想了一会儿，老兄吸着烟，龇着黄黑色牙齿、一脸堆笑的样子仿佛就在我的眼前。

浑身消息儿的人

在我的文章中，在我的笔下，不止一次出现过嵩阳城十字口这个地方。几十年前，这里是嵩阳城最热闹的地方，其地位相当于北京的王府井或者是郑州的德化街，抑或是香港的尖沙咀，我这样一说，可能诸位读者朋友便能理解我为什么不厌其烦地写这个地方了。当然还有一个更重要的原因，我家离这里只有一百多米——我就是在这个地方长大的。

关于十字口究竟是怎么样的，我已经从不同的角度表述过多次，甚至有朋友说我已经构建了一个"嵩阳宇宙"，我就不再赘述了。今天说的这个人物还是嵩阳城的人物，可能上点儿年纪的人还会记得。

20世纪80年代初期，百废待兴，改革开放的号角已经吹响。嵩阳城有人在唱邓丽君，有人在唱刘文正，这些人留着长发，穿着牛仔裤，甚至穿着花格子衬衣，被人民群众斥为"流氓阿飞"。

他们来去如风，手里提着收录机，招摇过市，让人目瞪口呆、艳羡不已。

龙蛋就是其中的一员。龙蛋也就是二十多岁，高挑的个子，留了一个大波浪的烫发头，被人讥为"鸡窝头"，浓眉大眼，睫毛很长，仔细看去，依稀有上海当红影星毛永明的感觉，嘴唇上留了一撇小胡子，看人显示出玩世不恭的表情。龙蛋的鬓角留得很长，上身穿花格子衬衣，下身穿紧身的牛仔裤，足蹬高跟皮鞋，如此打扮，不要说放在四十多年前，就是搁现在，也是非常惊艳。

我不知道龙蛋是干什么工作的，或者说他就没有工作。每次见到他，他都是站在嵩阳城的十字街头，很多人围观他，他也根本不以为意。渐渐地，龙蛋成了嵩阳城十字口的一景。后来想想，他为什么站在十字口？因为十字口是那时嵩阳城最繁华、最热闹的地方，他站在那里，纯粹是个人风采展示啊！

龙蛋可不是老老实实地站在那里，他的站姿也是丰富多彩，用老年人说是一身"贱病儿"，我们东街的王二狗说，龙蛋是浑身安满了"消息儿"。什么意思呢？龙蛋站在十字路口，完全是在进行个人秀。他先是甩一下满头的大波浪，把遮挡眼睛的头发甩一边去，一会儿头发又掉下来，就继续甩上去，这是最起码的动作。然后是清嗓，好像嗓子里有痰一样，他身子抖动了很长时间，发出一连串的声响，却半晌也不见吐出什么东西。甩头、挤眉弄眼、清嗓一套动作下来，动作幅度很大，已经成功引起了路人的注意。上身好不容易稳定下来，接下来又是下肢动作，只见他双手抱胸，一条腿直立，另一条腿叉开，然后踮起一只脚，一直不停地抖动，娴熟的程度像踩在缝纫机上一样。

我每每从他身边经过，眼里总是充满了崇拜与好奇。终于有一天，我忍不住向祖父问起此人为什么要这样。祖父只是说认识他的父亲，知道他的母亲，在嵩阳城也是名人，祖父说了句，那是一个光棍儿啊，也就再也说不出所以然来。在嵩阳话里，光棍有两个意思，一是单身汉的意思，二是说这个人办事很排场很义气，我理解祖父说的肯定是后者。

关于龙蛋的父亲，好像和我们家还有一些亲戚关系。我是见过这个老人的，老人也是很大的个子，梳了一个大背头，有一个红红的大鼻子，民间也有他的许多传说。有人说他家中门后放了一块猪皮，出门的时候，嘴上一定要抹了猪皮，看上去油哄哄的，让人感觉他家里很富有，顿顿都吃肉；还有人说他家只要做捞面条了，老人一定要坐在大街上吃，把面条扯得老高，然后和过往的行人打招呼。老头嗜酒，说话的时候眨巴眼睛，是嵩阳城酒中八仙之一。

我们这一代人成年的时候，嵩阳城已经开始大变样，老城改造，拆迁之后天翻地覆，外来人口增多，龙蛋早已经不知所终。后来，一个偶然的机会，我和家住嵩阳城南街的同学聊天，说起这个人的时候，我同学说这个人早就死了，多少年前就不在了。

问其死因，很简单，喝酒喝死的。大概是龙蛋结婚后，还嗜酒如命，后来得了酒精依赖症，父母去世后，老婆受不了他，也离婚了，他靠吃房租度日，每天醉生梦死，没几年就喝死了，死的时候也就是四十多岁。当年把十字街口当作个人秀场的新潮人物，就这样无声无息地死去，旁人只有一声叹息。

今天，看花花写贱病的文章，我忽然想起了这个人物，随笔就记了下来。

摇大糖

　　腊月廿三，祭灶日。多少年了，自从我开始单独过日子，从来没有举办过祭灶仪式，更谈不上什么祭灶。不像小时候，祖母、母亲都是家里祭灶的主持人，要烧香烧纸帛，要磕头语愿，把一家的平安都寄托在灶王爷身上。

　　这天要吃灶糖，登封的灶糖大概有两种，一种是没有芝麻的，一种是带芝麻的。不带芝麻的叫糖瓜，说起糖瓜，应该是圆的，但本地很少见到圆形的灶糖，一般都是一条条的，白色的。带芝麻的口感会好一些，一般是将糖条拗成 8 字状，售价要比没芝麻的贵。这些都是登封当地的特产，据说是东金店骆驼崖出品的，都是大麦芽熬制的饴糖，比蔗糖的甜度要低一些，口感绵润，不耐咀嚼，稍微一咀嚼就粘牙。所以童谣里有：喝口水，粘住老爷嘴，喝口茶，粘住老爷牙。灶糖的滋味乏善可陈，虽然近年来披上了非物质文化遗产的外衣，但不好吃还是不好吃，我向来对这种东西是没什么好感的。

至于现在超市里卖的那种直杆芝麻糖，咬一口焦酥，得用手捧着来吃，那糖多半是蔗糖，是外地出产的，和本地灶糖的滋味还是有很大区别的。

灶糖这种东西，只能在严寒的冬天卖，如果天气暖和一点，很快就化了，软绵绵的，拿都拿不起来，更不用说去卖了。天气的限定，再赋予其节日的神话意义，说是要用灶糖粘住灶王爷的嘴，不让灶王爷上天胡说八道，这个食品就依附着民俗、传说、神话、天气，延续了下来。

我小时候见过摇大糖的，并且不知深浅地去玩过，自然是颗粒无收，但记忆犹新。摇大糖的糖是做得很漂亮的芝麻糖，那糖的个头儿大，大概是一般芝麻糖的四五倍大，一根糖最少有四两重，上面撒满了白芝麻，糖也做得规整，上面还绑了红线绳，看上去就十分诱人。大糖一字排开，摆在崭新的食盒里面，一根大糖索价一元，价格自是不菲，一般人很少问津。摆摊者也不打算卖，而是通过大糖来招揽生意，通过摇骰子来卖糖，所以这种游戏叫"摇大糖"。

彼时，登封热闹的地界在城东的菜市，摇大糖者就在菜市出摊。我还记得摆摊的是一个叫申发喜的老头，那老头就是东关人，平时看着蔫头蔫脑的，大概六七十岁的样子，在摆摊摇大糖的那几天，却是巧舌如簧，妙语连珠，和平时判若两人，他的摊前总是围满了看热闹的闲汉。

发喜老汉手里拿着一个搪瓷碗，碗里放着三个骰子，他鼓动大家筹钱摇骰子，一股一毛钱，五股就可以开摇，每人摇一把，点数最大的可以把大糖拿走。如果凑不够股，发喜本人也会凑上一股，也会摇上一把。现场摇骰子，当时见结果，发喜人虽老，眼力却特别好，俨然赌神附体，嘴里韵语不断，把骰子的花色和古人的名字结合在一起，不时引得人们哄堂大笑。可惜年代久远，我已经记不起来他当时的原话了。

　　如此这般，我看了好长时间，终于下定决心，掏了两毛钱要了两把，自然是颗粒无收。失望之极，眼泪都要掉下来了。我北街有个远房的表姐，手气很好，摇了两把，倒中了一次，得了一根大糖，见状毫不犹豫地给我扭了半截，我的眼泪这才生生止住。

　　摇大糖的游戏没有持续多长时间，毕竟是有些赌博性质的游戏，后来就没再见过。卖糖的申发喜，过了春节就又变得木讷起来，总是见他提了大扫把，呲啦呲啦地低头扫地，和那个神采飞扬、赌神附体的样子难以联系起来。

大　师

　　大概是 1996 年的时候，我有了第一台传呼机。价格 1300 元，只能显示数字，还配备有密码本，如果传呼机上出现了一些数字组合，可以翻看密码本，查查是什么意思。不过这个功能很少用，平时只是显示需要回复的电话号码。要知道那时我的工资不过几百元，1300 元买的传呼机，绝对称得上是一个奢侈品了。

　　我像那时的所有时髦人物一样，把传呼机挎在腰里，一边还拴有一条亮闪闪的金属链。遇到熟人和同事，都要把传呼号留给人家，貌似我有通天的本领。

　　传呼机里安装的电池是高效电池，一节大概是两元钱，买两元钱的电池都让我感到吃力，因为当时两元钱可以买一碗烩面，再加上一个烧饼，烩羊肉当时才三元一碗。有些时候，实在不舍得买高效电池了，就买了普通的电池来用，但往往用不了两天就报废了。

偶尔传呼机响了，看看上面的电话号码，并不知道是谁呼我，但还是忙不迭地去找个公用电话回过去。那时手机远远没有普及，有个传呼机就是不得了的事情，几乎每家糖烟酒店里都有公用电话，电话还上了锁，只有付款了，老板才不情愿地打开让你使用。

　　等到两年后，我买了第一部手机，更是牛气冲天，在我的腰两侧，一侧是手机，另一侧是传呼机，衬衣还要扎进裤腰里，一上街总会引来许多人的注目。不过这都是后话了，暂且按下不表。

　　话说 1996 年的某日，我陪朋友在嵩阳书院游玩，忽然传呼机响了。我看了看，是一个外地的号码，前面还有区号。当时好奇心起，谁会用外地的号码给我传呼呢？嵩阳书院里并没有公用电话，一时也回复不了。过了一会儿，传呼又响起，还是那个电话号码，看来是真的有事。

　　我不敢急慢，一路小跑从嵩阳书院出来，穿过书院河，到河对岸的小卖部里找了个公用电话回了过去。电话通了，对面问我是不是薛明辉，我说是的，然后问对方是谁。

　　对方回话说他叫宋晨光，是某县的一个书法爱好者，很喜欢我的字，所以传呼我通话问个好。宋晨光说得很激动，语速很快，因为他的口音很重，我想了想才明白了大概的意思。

　　我问他是怎么知道我的传呼号的，他说他们当地有一个画家张刚在登封工作，是张刚回老家时告诉他的。

　　既然是道友，人家慕名与我联系，我也不能说什么。于是就客气了几句，说些有机会了来玩、今后多联系之类的话，然后就挂了。我交电话费的时候，才被告知因为是长途电话，要付两元钱。

我掏出两元钱付了电话费，心里十分可惜，但也就记住了宋晨光这个名字。

从那以后，宋晨光再也没有联系过我。但随后的岁月里，他的名字也不断出现在各项展览之中，甚至是中国书协举办的展览中。平心而论，他的字写得还是很不错的。

这一晃就是十来年过去了。有一年省书协举办培训班，我有幸位列其中，培训地点就在郑州，大概是培训三天，培训形式就是请外地的名家来讲课。我去报到后，和几个朋友站在那里说话，这时忽然过来一个人和我打招呼，我却并不认识他。

来人说他是宋晨光，并笑着伸出了手和我握手。我吃了一惊，仔细打量了一下这位当年曾经给我打传呼的老兄，只见他头发稀疏，戴了个高度近视眼镜，看人都是眯缝着眼睛，两颊无肉，下巴的胡子也有几天没刮了，穿了一件很肥大的西服，看上去说不出的别扭，甚至可以用猥琐来形容。

我笑着问他什么时候到的，同行来了几个人。他也龇着牙笑着回答我的话，一笑眼镜就从鼻梁上往下滑，他赶紧推一下镜框，显得更滑稽了。他说了几句话，无非是仰慕已久，今天终于见面之类的客套话。

但我马上发现了问题，他口口声声叫我"薛大师"。薛大师长薛大师短地叫着，我听着十分刺耳，尤其是当着这么多书法家的面叫我，我觉得他是在讽刺我。我正色道："宋兄，你可以直接叫我的名字，但不要叫我大师！"宋晨光却依然嬉皮笑脸地说："怎么了薛大师，你本来就是大师啊！"

我笑笑说："你才是大师，你们全家都是大师，你们全村都是大师！"

当我把这话说出来的时候，周围的人都笑了。

宋晨光愣住了，用手推了推眼镜，一句话也不说，然后扭头就走掉了。我看着他气急败坏地离去，对其他书友说："什么意思嘛，玩笑不是这样开的。"

后来的三天里，宋晨光看到我就躲开，有些时候连视线也不和我对上，我估计他心里应该是有阴影了。

今天上午和博士在群里闲扯的时候，我忽然想起了这个人，在网上搜了一下，果然搜到了他的近照，还是那副猥琐的样子，只是双颊的肉似乎多了，线条圆润了许多。

想想当年还是年轻，如果是现在，肯定是一笑了之，你爱叫就叫吧，随便。

木 生

我们祖上曾经在嵩阳城也算是大户，虽然都是老辈子的事了，但有一个事实是，我们家住在嵩阳城的东大街，有几间门面房。这几间门面房曾经有一个阶段充公了，但后来随着政策的落实，又回到了我们的手中。等到改革开放，有人在街上做生意了，这房子理所当然地就租了出去，我们家也因此有一笔不菲的收入，日子逐渐过得舒展起来。

房子租出去后，有卖土产百货的，也有开饭店的，虽然几易其主，但祖父却胸有成竹地说，有货不算穷客，房子总会有人租的，流水的生意，铁打的房子，这形势一天天地好起来，还愁没人租房子？

事实和祖父说得差不多，往往房子没空多久，就很快又租出去了，租出去的同时，房租还会再涨一些。

我十岁那年春天，房子又换了一家租户，是山北偃师的人租下来开了一间饭店。饭店里卖些烩面之类的简单吃食，炒菜也只是几种家常菜，这已经不错了，在那个时节，下得起馆子的人没有几个。

因是我家的房子，我也沾光在里面吃过两次烩面，吃得满头大汗不亦乐乎。祖父作势掏钱算账，却被掌柜的一把按下。那掌柜满脸堆笑地说："薛师傅，孩子吃碗饭，我再收钱，那不是打我的脸吗？"祖父推让一番，心满意足地领着我走出饭店。

店里只有三个人，一个是掌柜的，另一个是大厨，还有一个是打杂的小伙计。掌柜的也就是三四十岁的样子，看上去很精明；大厨是个胖子，看不出多大年纪，脸上油晃晃的，没客的时候，嘴上老是叼着一支烟，简直到了烟不离口的状态；小伙计是十四五岁的样子，个子没多高，主要负责刷碗、端饭、和煤的杂事。

可能是年龄相近的原因，那个小伙计很快就和我成了朋友。小伙计的名字叫木生，算命的说他五行缺木，父母给他起了这个名字。他们家是偃师嵩阳交界山沟里的，家穷，离学校也远，勉强把小学读完就辍学了。开饭店的掌柜的是他姑父，是看在亲戚的面上才带他出来，这也是他第一次出远门。

饭店上午没什么生意，就是做准备工作。木生要摘菜、和煤，这些活他很快就干完了，于是他会找我聊天。他的口音很重，和嵩阳话有着很明显的区别。偃师和嵩阳虽然相邻，口音却相差如此的大，我不明白其中的道理，就问祖父，祖父说是他们喝的水太硬的缘故。

我有许多小人书，嵩阳话叫画书，木生却说画本。那时我痴迷于《三国演义》，一套48本都快凑齐了，是我的小人书中的宝贝。木生向我借《三国演义》看，看完之后我们就一起交流，无非是三国中谁的战斗力最强，谁最厉害，等等，有些时候会有不同的意见，二人争得面红耳赤，往往是掌柜的叫他干活才算罢休。

　　木生也不白借我的小人书，他会趁掌柜的不注意，从饭店顺出点好吃的给我，多是给我拿个烧饼，有些时候甚至在里面夹了肉。我狼吐虎咽地吃着，木生就在一旁笑着看着我，他说他一边干活，一边学厨，将来也要当个大师傅。等当了大师傅，就不用干这些没意思的杂活了。

　　转眼到了夏天，那时没有空调，热得很了，人们都到平房顶上睡，或者就在马路边睡。天气最热的那几天，嵩阳城里很多人都是拉了凉席在街上睡的。

　　我有时候也会拿了凉席去街上睡，和那些大孩子们躺在一起，听他们云天雾地地说上半宿，直到困意上头才昏昏睡去。后来，祖父知道了我在大街上睡觉，感觉有失体统，禁止我再去街上睡，理由是不安全，也不像话。

　　我不服气，和祖父犟嘴，说街上有那么多人睡，又不是我自己。祖父说，正因为有那么多人，才不安全，况且睡到大街上算怎么回事？祖父有正式工作，每月雷打不动有退休金，自认为与众不同，怎会允许他的孙子像那些闲汉们一样睡在大街上，这岂不是丢了他的颜面？

和祖父争执的最后结果是，我不能去街上睡，但可以去平房顶上睡，并且只能在自己家的平房顶上睡。于是，我就拿了凉席到门面房的房顶去睡。

　　木生也在房顶睡，他对我的到来表示欢迎。我们每晚对着天空的星星，山南海北地聊，聊得十分尽兴。有时聊饿了，木生还会去饭店里踅摸出点儿东西吃。

　　在平房顶上睡了一段时间后，我发现了其中的弊端。一是有蚊子，蚊子老是在耳边嗡嗡作响，打也打不着，只能等这些吸血鬼吃饱了才算完事。早上起来，身上总是被咬了许多包，有一次甚至叮到了我的眼睛上，眼睛肿成一道缝，费好大的劲也睁不开，实在是苦不堪言。再者是天亮得早，4点多天就亮了，我睡觉有一个毛病，天只要亮了就醒了，如果我在屋子里，往往能睡到七八点。

　　权衡再三，我还是回屋子里睡觉了，虽然热一点儿，但毕竟可以睡的时间长，也没有了蚊子的骚扰，能睡得安稳是一件好事。

　　我天天还是上学、放学，像天下大部分这个年龄段的孩子一样。但我忽然发现，已经很久没见到木生了。连着几天都没见着木生，饭店里只剩下了掌柜的和大厨，我鼓起勇气问掌柜的木生去哪里了，掌柜的摆摆手，只说木生回老家了，看样子他并不想和一个小孩说那么多。

　　秋天种麦的时候，饭店关门了，掌柜的和大厨都走了。房子几乎没怎么空闲，很快就换了一家做服装的，门头换了几个大字

"上海流行时装"。

那天，我在做作业，祖母在一旁缝衣服。祖母一边缝着一边跟我说，饭店的那个小伙计，夏天的时候在房上睡，半夜也不知道发癔症还是怎么了，从房上掉下去了，早上扫地的看到的时候，人都已经硬了。

我听得打了个冷战，停住了手中的作业问道："是木生吗？"

祖母说，除了他还有谁？她并没有停下手中的针线，继续说道："他姑父一大早找了个车给他拉回去，赔了两个钱，把他埋了。都是亲戚，也没有赔几个钱，这事也就到底了，可惜了，多年轻的一个小伙儿啊。"

我这才知道，为什么后来不见木生了。

我继续低头做作业，听祖母叹了口气说："唉，这都是命啊。"

土沙发

我外祖父家是城北谢庄的，谢庄距离嵩阳城仅三里许。幼时，步行去外祖父家，总觉得很远，要走上很长一段时间才到。后来随着城市化的进程，谢庄早已和嵩阳城连成一片，紧邻谢庄的少室路，更是有各色风味小吃，一到晚上，灯火辉煌，路两边坐的都是吃夜宵的食客，热闹非凡，哪里还有以前村庄的模样。

虽然村子叫谢庄，但村子里的人大多数姓张，只有几户外来户是其他杂姓。这姓张的是一个祖宗，一大家子，据说是当年他们的老祖宗弟兄三人在此买地兴业，盖房修屋，经过几百年的繁衍生息，最终造就了这个村庄。至于这个村庄为什么叫谢庄，问村里上年纪的老人，他们只说是当年姓谢的败了，将家业卖给了姓张的，再问什么时候的事，或是当事人姓甚名谁，就再也问不出个所以然来了。

老卢就是村里外来户之一。老卢是退伍军人，家是外地的，不知道什么原因入赘到谢庄当了上门女婿。老卢当过兵，算是见过世面，和当地农民的见识不可同日而语，加上他说话、生活习惯和当地人大不一样，自然而然地就成了村里的名人。

老卢的口音说不出是哪里的，他好像是在刻意地学说本地话，但其中一些词汇的发音还是暴露了他是一个"外路板子"。比如当地人说没有为"冇"，老卢却说"没得"，当地人说朋友是"老好哩"，老卢却说是"玩伴"，等等。虽然老卢在这个村中也生活十多年了，但一开口说话，明显就能听出他是个"蛮子"，用本地话形容就是他说话"蛮里疙瘩"的。

那时候人穷，家里一般都是坐的条凳、木凳，条件好的顶多是家里有把椅子，人们吃饭都是在街上吃，聚集吃饭的地方叫"饭市"，饭市上肯定有几块大石头，人们就坐在石头上吃饭，去得晚了就蹲在地上吃饭。人们一边吃，一边交流着各种信息，饭市成了人们发布、交换信息的主要场所。

老卢却不去饭市吃饭，起初去过两次，可能是插不上嘴的缘故，就再也没去饭市，每顿饭都在家里吃。老卢家也穷，也只有几把吱吱呀呀的条凳。但老卢见过世面，在部队首长的屋里见过沙发，并且还坐过，屁股是享受过沙发那种软绵绵的感觉的。

老卢决定自己做个沙发。那时限于环境，他根本弄不来沙发所需的海绵、弹簧、皮革等物品，但这些难不倒老卢。老卢因地制宜，用砖头在屋里砌了一套沙发，扶手的部分用瓦镶上，外面用泥巴细致地涂了一层，总共做了一个双人的、两个单人的，一眼看去，和真正的沙发没什么区别。

　　沙发做好后，老卢还不满足，又用玉米外衣编了坐垫，金金贵贵地垫在了沙发上，一来二去，这土沙发还真的像那么回事，最起码比坐凳子舒服多了。

　　村子里的人都没见过这洋玩意，一传十、十传百，消息很快传遍了全村，全村的人都来老卢家看热闹，都要看看老卢家的沙发到底是个什么物件。一时间，老卢家里可以用门庭若市来形容，往往是这拨人还没走，下一拨人就又来了，老卢的家里比过年还热闹。

　　老卢家里人声鼎沸，一天到晚挤满了看热闹的人。人们争先恐后地在老卢的土沙发上坐来坐去，直夸老卢的手艺好，是个能人。老卢满脸堆笑，不敢怠慢，光烟都买了好几条，用来应酬那些看热闹的乡亲。

　　后来，外村的人也来看稀奇，村子里像赶会一样。那些外村人看了老卢的沙发，还要顺势走个亲戚，连着多少日，村子里都是欢声一片。村子里的老人说，多少年都没有这么热闹了。

　　后来，就有人自己在家仿制土沙发，照猫画虎，也像那么回事；也有不会的，就请了老卢来家里砌土沙发。都是乡里乡亲的，也不用给钱，最多就是割点肉，管顿饭，老卢人缘好，谁叫都去帮忙，于是，很快村里几乎每家都有了这种土沙发，成了村里一道特殊的风景线。

　　多少年后，因为建大学征地，谢庄整体搬迁了，原来村庄的地方成了一座大学。村子里的人们都搬进了别墅般的小楼，村子和市区连成一片，几乎没有什么差别。村民家里也早已经有了真正的沙发，偶尔说起土沙发的事情，是当作笑话来讲的。

如今的老卢，真的成了老卢，已经是七十多岁的人了，还得了阿尔茨海默病，时而清楚，时而糊涂。但只要有人说起土沙发的事情，他还是双目放光，抑制不住满脸的自豪，毕竟，那是他一生中的高光时刻。

十六岁的旅行

16 岁那年的暑假，我在家闲得无聊。忽然有一天，父亲和我商量，让我带着祖父、祖母外出旅游，目的地是河南开封。虽然我已经 16 岁了，但除了和父亲一起去过几次郑州之外，几乎没有出过远门，父亲委托我这样的重任，意思是锻炼一下我，同时也替他尽孝。

我几乎没有怎么犹豫，就很爽快地答应了下来。接下来，我忙不迭地跑去和祖父祖母汇报，祖父祖母也同意了，他们对我的能力没有一点儿怀疑，好像这是天经地义的事情。

选定了出发的日子，父亲给了我一百多元钱，算是盘缠。一百多元现在看来不算什么，但那时人们的工资一个月也不过一百元，去郑州的车费是两元，到开封才四元，所以这也算一笔大费用了。

彼时，祖父祖母也就是七十多岁，除了行动迟缓之外，身体还算健康。祖母是裹的小脚，不能长时间走路，其他方面也没有什么可担心的。

出发那天，是个响晴的日子，气温很高。我们动身得很早，大概早上5点就乘登封至开封的公共汽车出发了，那时人们出行都是公共汽车，俗称"大票车"，我们坐在大票车上，一路朝东去。

现今要去开封，有几条高速可走，最多也就是两个小时的路程。可那时还是普通的公路，汽车在途中还要停车上下旅客，走得比较慢，我们到开封的时候已经是上午9点多了。

在开封的车站下了车，出了车站先去吃饭。我记得第一顿是在车站旁边的棚子下吃的水煎包和鸡蛋汤，味道极其一般，祖父一直抱怨，说不值这个价格。祖母倒是没有说什么，只是劝祖父出门在外，别挑剔那么多。

往后的事情，我记得不太清楚了。我只记得我们坐公交车去看龙亭，在车上遇到了扒手向我祖父动手，我厉声制止了扒手，那扒手二人骂骂咧咧地下了车。祖父却是一脸迷茫，不知道发生了什么。我告诉他："不是我的话，你兜里的钱都被人掏走了。"

大概是看了龙亭、中山公园等地方，祖父经历了扒手偷窃未遂事件，惊魂未定，一路上都在抱怨这个城市，抱怨这里的人，可以用喋喋不休来形容。具体游玩的情形我记得不大清楚了，反正一个涉世未深的少年，带着两个农村古稀老人，应该不会是什么快乐的事情。

晚上我们住在了汴京旅社，开了个三人间，房费好像是15元。

祖父一直嫌贵，直到住下还在抱怨，我问他晚上吃什么，他说不饿，便早早就躺到床上休息了。祖母不好说什么，也跟着说不饿，晚上不吃了。既然二老都不吃，我就顺水推舟，说我也不吃了。

安顿了二老，我自己从旅社出来，在街上随便逛逛。找了一家电子游戏厅，好像是一元钱12个币，我买了一堆游戏币，打起了电子游戏。那电子游戏是大型的，我们那里是没有的，遇到这么好的机会，我岂能放过。

我那时打的游戏叫"双截龙"，是街头闯关游戏，游戏的原型好像是李小龙。游戏厅里人不多，我就一直在打双截龙。不知道打了多长时间，最后我终于打通关了，虽然是续币才通关的，但那种激动的心情，至今让我难以忘怀。

可能是游戏机操纵杆的问题，我打得太投入了，左手手心磨出了一个血泡，后来血泡磨烂了，手心血淋淋的，如今想来简直是不可思议，但那时手掌磨成那样，可能是太兴奋的缘故，居然不怎么觉得疼。直到回去的路上，我才觉得手掌火辣辣地疼。

回到房间，祖母还没有睡，她在等我回来，说我出去了这么长时间，怕我出什么事，我简单地说了句出去玩了，倒头便睡下了。

次日醒来，祖父便吵着要回家。我听从他的意见，退房带二老去了车站。去登封的车只有早上六点、七点的班次，我们去的时候已经八点多了，没有直达的车，便买了到郑州的车票，从郑州再转车回登封。

到郑州的时候已经是中午了，好像我们在东方红电影院附近转的时候，还上当买了块布料，到家才发现那布料短了一大截，祖父又抱怨了好久……

我在车站旁的一个旧书摊上买了本 1988 年的书法年历，名字叫《中原书风》，售价是两元，这本书陪伴我多年，成了我学习书法的良师益友。

花小宝

嵩阳有一种蝎子，这蝎子与其他地方不同，其他地方的蝎子是六条腿，而嵩阳的蝎子是八条腿，被称为"全虫"。有经验的老中医说，只有全虫才能入药，其他的蝎子先天不足，入药也没有嵩阳的全虫药效足。

明代李时珍《本草纲目》中称："古今治中风抽掣，及小儿惊搐方多用之。"《箧中方》称："治小儿风痫有方。"但在嵩阳城，蝎子除药用之外，还是一种美味，早先宴席上会炸一盘，撒了椒盐，搛一个放在嘴里，焦酥香脆，妙不可言。后来这东西日渐珍贵，价格随之上涨，那商家便炸了粉丝铺底，只在上面浅浅摆上一层蝎子，美其名曰"全虫卧雪山"，味道倒也没改变，只是蝎子数量少得可怜。

既然蝎子有药用价值，就有人专门出去逮蝎子，有人专门收购，起初是一毛一只，后来已经涨到一两元一只了。每年一到夏天，正是蝎子活动频繁的时候，到了晚上，蛰伏了一天的蝎子开始出来觅食活动，逮蝎子的人也开始出动了。他们有的手执手电筒，有的头上戴了矿灯帽，沿着地磷、河沿寻找蝎子的踪迹。逮蝎子的人中，有没事的闲汉，也有精力过剩的后生，专趁着夜色干活，一晚上要走许多路，城边的蝎子逮完了，他们就到乡下去逮，到深山老林里去逮。

同样是去逮蝎子，有的人装备齐全，有的人只是拿了平常的手电，还有的人仅仅是用手机的灯来照。那蝎子蛰伏了一天，正想出来觅食、谈个恋爱，不料被强光照住，一照之下，便定在了那里。逮蝎子的人眼疾手快，拿出镊子就将蝎子夹住放在了容器之中。这镊子也分好多种，有用明晃晃的手术镊改造的，前面敲薄加了橡胶套，夹了蝎子也不会伤到蝎子；还有的是用自己做的竹篾，缠了些丝带等物，看上去不是那么美观，倒也实用。

有逮蝎子的好手，从进入夏季开始每晚逮蝎子，一直逮到秋天霜降，大概能挣万把块钱，这万把块钱是业余挣的，既能增加收入，还能走路锻炼身体，何乐而不为呢？于是夏季每晚的逮蝎子活动就成了一些人生活中的重要组成部分。

话说嵩阳城城东花家庄有个花小宝，今年也就是三十多岁的样子，此人天性好玩，什么钓鱼、逮爬叉、套兔子、逮蝎子，没有他不喜欢的。花小宝家是农村的，土地已经流转出去，也没什么正经职事，每天在村里就是打牌、喝酒，时间长了，他自己也觉得没趣，关键是花销也捉襟见肘。后来见有人来村里收蝎子，他自己家里也有逮蝎子的家伙，于是就把逮蝎子作为收入的来源。开始逮蝎子以来，花小宝昼伏夜出，白天在家睡觉，傍晚起来吃顿晚餐，等天一黑，就开始四处趄摸着逮蝎子了。

刚开始他不是很熟练，收入一般，后来摸到了窍门，知道了哪里蝎子多，每次出去能逮一二百只，次日到城里收蝎子的门店一卖，能有几百元的进项，这实在是太合花小宝的脾胃了。

花小宝的妻子李丽也是个农村人，人十分贤惠，小宝平素在外面玩耍，全靠她在家里操持家务。小宝交上来的钱，她知道是丈夫辛苦得来，于是格外心疼小宝，家里每晚的饭是主餐，为的是让丈夫吃好了，体力能跟得上，能逮更多的蝎子。

这天是七月七，太阳虽然不是多毒，天气却是灼热异常，农村人也没有什么"情人节"的概念。傍晚的时候，花小宝吃了李丽做的臊子面，还喝了两瓶凉啤酒，天一擦黑就像往常一样去逮蝎子了。

如今人们的眼皮子薄，见不得别人做什么，花小宝刚开始逮蝎子时，没几个人逮，现在逮蝎子的人越来越多，大有僧多粥少之势。有些时候，转悠半夜，遇到的蝎子还没有遇到逮蝎子的人多。不过小宝自有办法，他往往是单兵出战，孤军奋战，从不和人结伙儿，去的地方都是废弃的村庄、老宅，甚至乱葬坟，这些别人不去的地方，小宝往往收获颇丰。有人问小宝怎么能逮这么多，小宝从来都是笑笑，一句实话也不说。

小宝骑了摩托，从村子里出来，一路向北，朝着嵩山的方向驶去。摩托开出了有四五公里，他来到了山脚下的一个村子旁，这个村子叫李庄，是小宝妻子李丽的娘家，村子不大，大概只有二十几户人家。最近几年随着城镇化建设的进程，村子里的人都在临大路的地方建了新房，这个村子就成了一个废弃的村庄，日子久了，有些房子都倒塌了，村中满是残垣断壁，看上去十分荒凉。

花小宝在村子外一处平坦的地方停好了摩托，然后步行进了村子。打开头顶的矿灯，他的眼前立刻明晃晃的，村子里很静，忽然有个什么东西从眼前一闪而过，小宝吓了一跳，随即就反应过来，这是一只黄鼠狼。老辈人说黄鼠狼有仙气，见了不吉利，小宝呸呸吐了两口唾沫，点上一支烟，然后低头开始了工作。

村子里的老房子地基都是石头垒的，蝎子就栖息在这些地基的缝隙之中，小宝用矿灯一照，果然发现了许多。说时迟，那时快，小宝看得真真的，手下一点儿也不含糊，飞快地将蝎子夹住放入他手中的不锈钢小饭桶之中。

就这样，小宝一户一户地搜寻，大概过了两个小时，小饭桶已经装了一大半，那些蝎子在里面也不老实，张牙舞爪地乱动，争先恐后地擦在一起，可怎么也跑不出这光滑的饭桶。

小宝看了一下手机，信号只有若隐若现的一格，头上的矿灯也没有来时亮了，现在已经快11点了，他打算再逮一会儿，不管饭桶满不满都结束今天的战斗。

这时，小宝来到村西头的一栋老房子前，他沿着外墙往后走，发现这家还有个后院。后院的墙已经塌了，他穿过墙走了进去，低头在院子的后墙照了起来，果然又发现了几只蝎子。他转了一圈，打算继续往后面看看，就往西边信步走去。

当他正朝着西墙走去的时候，忽然脚下一空，整个人就掉了下去。原来这个地方是人家的菜窖，上面随便搭了点篷布，早已经腐朽了，小宝没注意到，踩在篷布上就掉下去了。

花小宝掉落在菜窖里面，直接就摔得晕死了过去。等他醒来，才发现自己掉在了一个黑洞洞的菜窖里，所幸头上的矿灯还亮着，他动动四肢，没什么问题，人站了起来，除了有点儿眩晕，也没有什么大碍。掏出手机一看，一点儿信号也没有了，时间已经是凌晨一点多了。

小宝环视了一下四周，发现这个菜窖口小肚子大，里面空荡荡的，有一种说不出的腐朽味道。他又仰头看了看，这个菜窖大概有两米高，自己根本没办法出去。他试着跳了两下，还是一点儿办法也没有。他有点儿不死心，又蹦了几次，除了扒拉下来一些尘土外，要想出去是万万不可能的，小宝心念已灰，顺势倚着菜窖的墙壁坐下了。

花小宝关了矿灯，下意识地摸了下口袋，烟和火机都在，镊子和小饭桶也在一旁扔着，幸亏小饭桶没有被摔开盖子，假如摔开了，那一堆蝎子爬出来，就有他好受的了。小宝叹了口气，点了支烟，狠狠地吸了一大口，他需要冷静下来，再想怎么逃出去。

想了一会儿，小宝的脑子越来越乱，他感到困意上来了，打了个哈欠，然后就蜷缩着睡着了。小宝还做了一个梦，梦见李丽给他炖了一锅羊肉，羊肉炖得太烂了，小宝抱怨说吃着没一点儿劲道，可惜这好羊肉了。

等小宝再次醒来，天已经亮了。透过菜窖的口子往外看去，今天依然是个大晴天，往常的这个时候，小宝已经去城里的收购点了。小宝攒足了劲，高声叫道："有人吗，救救我！有人吗，救救我！"如此这般喊了一会儿，小宝觉得口干舌燥，再也没气力喊了，他也终于相信，这个废弃的村子，是不会有人来的。

小宝不禁悲从中来：想我花小宝，平时没有坑过谁，害过谁，今天竟然落到这步田地，这老天爷真是不公啊！想着想着，豆大的泪珠不由得扑簌簌地滴下。

悲伤了一会儿，小宝感到肚子有些饿。他打开小饭桶，从里面徒手拿起一只蝎子，掐了尾部的毒尖，然后就扔在嘴里嚼了起来。老辈人说，生吃蝎子泻火，可他从来没有吃过，这蝎子天生有一股淡淡的鲜味，还有一种土腥味，如今也管不了那么多了，好在也不是多么的难吃。小宝一口气吃了十几个，算是补充了一些能量，不是吃饱了，而是再吃就要吐了。

小宝又抽了支烟，忽然就有了办法。他拿起镊子，准备在菜窖的壁上挖脚窝，然后沿着脚窝往上爬，这样就能自救了。小宝的这把镊子，是他专门从医疗器械店买的大号不锈钢镊子，买回后自己又进行了改造，镊子的前端变得很宽，适合夹蝎子。如今，这宽宽的镘子，也许正适合他挖墙用。

说干就干，花小宝拿着镘子开始挖墙，墙壁的土很潮湿，很松软，他几乎没怎么费力，很快就挖出了第一个豁口，这个豁口他的手可以抠进去。他刚开始是从上面挖的，等他挖完第一个豁口，才觉得不太对，现在手是能抠到，可再往上呢？

花小宝意识到，挖墙必须从脚下开始，只有脚和手都有放的地方了，才能继续向上爬。他立即蹲下来，在膝盖的位置左右错着各挖了一个豁口，这大号的不锈钢镘子还真是给力，挖起土来一点儿也不含糊。

就这样，花小宝用镘子依次往上挖着。不一会儿，他的胳膊就酸了，于是就换了手来挖，实在太累了，就下来休息一会儿。他烟也不敢吸了，烟盒里只剩两支烟，每次休息的时候，小宝只吸两口，提一下神就掐灭了，万一人没出去，烟再没有了，那才是够呛呢！

功夫不负有心人，小宝在墙上挖了 12 个豁口，总算成功地爬出了菜窖。小宝的身上沾满了泥土，头上、手上也都是泥土，他胡乱地将身上拍打一番，然后拖着疲惫的身躯，走到了自己的摩托车旁。

骑在摩托上，他看了一下手机，已经是下午一点多了。手机刚刚有了信号，便显示了一堆未接来电，他看了一眼，都是李丽打过来的。自己一晚上没回去，这个娘儿们一定急坏了。

花小宝从烟盒里摸出最后一支烟，点上狠狠地抽了一口，拨通了李丽的电话，李丽在电话那端着急地说："你咋回事啊，一晚上也不回来，你死哪里去了？"花小宝强笑着说："回，我马上回去，这就回去了。"

花小宝把烟扔了，眼泪却委屈地流了下来。他启动了摩托，慢慢地朝着家的方向驶去。

李长怀

　　有好多年了，每到 12 月份，李长怀总会和我联系，来我家看望我，坐上半天，喝杯清茶，山南海北地吹上一通，然后拿着我送给他的字离开。当然，李长怀每次登门也从不空手，往往是提两条烟，或者拿一盒茶，有些年份甚至会给我一张面值不大的超市购物卡。我回馈给他的，无非是带了日历的书法作品，同时也会把我当年出的作品集送给他。在作品集的扉页，我总会恭恭敬敬地写上"长怀先生雅鉴"，并且签名盖章。

　　李长怀是我的同学，准确地说是我初中的同学。好像他初二那年就辍学了，顶了父亲的名额，去一个厂子里接班了，所以，我们真正做同学的时间也就是一年多，但这丝毫不影响他后来联系我，和我聊天、向我要字。

　　当我还在继续上学的时候，李长怀已经是一个让人羡慕的正式工了，每个月都有固定的薪水，早早就过上了吃香喝辣的生活。

等到我二十多岁还在为求职奔波的时候，李长怀家的孩子都上小学了，早就提溜着酱油瓶会买酱油了。

李长怀上班后，还回学校看过我们，给我们几个要好的朋友每人买了个烧饼夹串，甚至中午还请我们去"马家烩面馆"吃了烩面。那时节的烩面虽然便宜，但对学生娃来说，吃一碗烩面也不是容易的事情，吃一顿烩面总会说上几天，那滋味不亚于今天吃了一顿海鲜大餐。

等到我们大家都成年后，李长怀和我们联系得就非常少了，最起码和我很多年都没见过。虽然都在一个城市里，但住得远，各自有各自的圈子，于是，大概有一二十年我们都没怎么联系过。

大概是 2015 年的时候，我接到了李长怀的电话。电话那端，他试探性地问我是不是薛明辉，然后说他是李长怀，我竟一时没有想起是谁，后来说起请我吃过羊肉烩面，我才想起这位早年辍学的同学。我当时误会他想向我要字，我就说，你有什么事只管说吧，咱们都是同学，亲着呢。

半晌，他吭吭唧唧地说，他儿子要结婚了，想请我出席他儿子的婚礼，并希望我在他儿子的婚礼上致辞。我不假思索，一口就答应了，并问了婚礼举办的日子，答应他一早赶到，这个义不容辞。

到了婚礼那天，虽然是大冬天的，我还是换上了西服领带，一早就赶到了帝豪酒店。在酒店门口，我见到了李长怀，虽然他比我大一岁，但我几乎认不出他了，他已经谢顶，变得很胖，成了典型的中年油腻男，看上去至少有五十大几了。李长怀用力握着我的手，连声说，谢谢谢谢，老同学真给面子，来了就好。

那天的婚礼很成功，我脱稿用普通话致辞，深情地对一对新人进行祝福，致辞完毕，现场掌声雷动。吃饭的时候，我被安排在了贵宾席，同席的都是他单位里的领导，李长怀满面红光，向各位来宾介绍我："这是著名的书法家、主持人，我的同学薛明辉。"

婚礼过后有一周，李长怀打电话给我，说要来我家看望我。挂了电话没多久，他就过来了，还给我拿了两条芙蓉王烟，我跟他说，我不吸这烟，他立刻就急了，说我看不起人。我连忙解释说："不是那意思，你来看我就行了，还带什么东西，多见外啊。"

我们开始喝茶聊天，通过两个小时的聊天，我大概知道了他的现状，他早就从单位下岗了，后来有了 30 年工龄内退，他办了退休手续，现在彻底是一个闲人了，也开始练习书法，练了几年的曹全碑、礼器碑，但总感觉写不好，所以有心向我讨教。李长怀从怀里拿出他写的隶书，让我给他指点，说实话，那字基本称不上书法，如果非要说是书法的话，最多是扁字，绝对称不上隶书。

我对李长怀说："你说你练过曹全、礼器，但字里却看不出。临帖不是抄书，要写像，最起码笔画、笔顺得写对，不是字写扁了就是隶书。"李长怀张大了嘴，只是呵呵地傻笑。末了，让我示范给他看。于是，我就提笔临了一些曹全碑给他示范，他看着我写的字，嬉皮笑脸地说："老同学，这字能不能落上款，让我带走？"我摇摇头，但还是在空白处落下了姓名，盖上了印章。李长怀赶紧将字卷了起来。

临走的时候，我还送给李长怀一幅手写的挂历，他连声感谢，说要拿去装裱一下。

从此以后，每年的12月份，李长怀都会来看望我，和我聊天说话。有时，到了吃饭的时候，我会留他吃饭，但他说他有糖尿病，不能在外面吃饭，所以，几年间，我们都没有在一起吃过饭。

昨天是周六，我接到了一个陌生的电话，电话那边称呼我"老薛叔"，自称是李长怀的孩子，说要来见见我。我告诉了他家里的地址，一会儿李长怀的儿子就过来了，李长怀的儿子给我拿了一饼普洱，还拿了一箱红牛，老薛叔、老薛叔叫得很甜。李长怀的儿子个子很高，人也很壮，眉宇之间依稀有李长怀当年的样子。

我问他找我有什么事，李长怀为什么不来见我呢？

小李，也就是李长怀的儿子说，李长怀今年7月份那场大雨的时候，脑梗了，送到医院抢救，倒也没落什么后遗症。但到了10月份的时候，又犯了次病，这次就厉害了，人基本废了，生活都难以自理，说话也说不清了。"人都这样了，还惦记着老薛叔的日历，昨天就催着我来看您，让我求一幅明年的日历。老薛叔，您看得多少钱？我掏钱就是。"小李说。

我听完小李的话，不禁长叹一声，说："人都这样了，还要啥书法啊？日历有，我送给你，不要钱。回去告诉你父亲，我这两天就去看望他。"

　　说完，我挑了一幅红黄相间的日历给小李，并告诉他在什么地方装裱。我问小李："你父亲能接电话吗？"小李摇摇头说："接了也说不清楚，只会嗷嗷地哭，叔你还是别打了。"

　　送走了小李，我还在想，或许李长怀今后都不会来看我了。

　　唉。

空 号

蕾是我的小学同学，记忆中，好像我们小学二年级、三年级都是同学，四年级后就没什么印象了，所以我对她的印象就停留在了二三年级的时候。印象中，蕾长得并不是多漂亮，但她的学习非常好，每次考试都是前几名，所以几十年后我还是对她有很深刻的印象。

蕾的家大概是在城东，她的母亲是老师，但那时还没有教过我。知道她母亲是老师后，对她的好成绩，也就不觉得奇怪了。老师的子女，一般学习成绩是好过其他学生的，这是不争的事实，最起码大概率是这样的。

我对蕾的印象，也就停留在二三年级时的样子，想起来那时候我们不过八九岁，距今已经是几十年了，但蕾的样子，我却能毫不费力地想起，这也算是一种缘分了。

在 QQ 时代，可能是通过我的一个同事推荐，蕾添加了我的

QQ，隔着屏幕，她告诉我她是蕾。我感到很意外，却也没有什么惊喜，只是礼貌性地问候了一番，比如现在在什么地方工作，家里人都好吧之类的，也没有多说什么。

后来，推荐我QQ的同事说蕾是他的高中同学，说蕾长得很丑，同学们都背着叫她"二哥"。我问二哥是什么意思，同事说就是二师兄的意思。同学一脸坏笑，说："喊她二哥，她还答应，她也不知道是什么意思。"

我对同事说："好像不至于那么惨吧。我们是小学同学，那时同班，她学习挺好的，在班里数一数二的，也看不出哪里丑呀？"同事继续坏笑着说："她嘴那么大，皮肤那么黑，和二师兄差不多啊，所以我们都叫她二哥。"

转眼到了微信时代，因为我和蕾本身就是QQ好友，我开通微信没多久，她就顺着QQ推荐，顺理成章地成了我的微信好友。蕾的微信头像和大多数中年妇女一样，是一个花朵图片，微信名字叫含羞玫瑰。

刚加的时候，我们聊了几句。聊的依然是一些不疼不痒的话，相互说了近况。蕾大概是大学毕业后，就留在了郑州某单位工作，最近十几年回登封，和熟人同学就餐的时候，话题往往会说到我，所以她对我的近况很感兴趣。

我对别人在饭桌上提到我很警惕，于是就问他们说我什么，蕾说，都说你是大才子，大书法家，都说你是个人才。我听她如此作答，也就没往下问。

蕾说起了我们共同的同学，说了几个人，我还真记得。一个叫源的，当时学习很好，我记得当时他脸色很红，但也是几十年没见过了。蕾倒是知道他的下落，知道他在电厂上班，就是个普通人；还有一个叫喜的，当时学习也很好，喜欢用毛笔写作文，给我留下的印象很深。

我们聊了一会儿，我就在网络上搜那个喜，果然搜到了，并且搜到了他工作的单位，顺藤摸瓜地搜到了他的电话，后来还打电话联系了这位同学，并加了这位同学的微信。可惜这个同学根本想不起我了，但他明白无误地记得蕾，并告诉我他和蕾前不久还通过电话。

次日，我和蕾联系，说我联系上了喜。蕾半晌才说，其实她一直和喜有联系，有一次打电话，是喜的老婆接的，为此喜和他的老婆还吵了起来。

看来，小丑是我。我一直自鸣得意，通过网络找到了故人，找到了小学同学，岂不知人家一直保持着联系，只是没有告诉我罢了。

蕾也看我的公众号，有时还会给我点评两句，说我的文章像汪曾祺。有时，她会说，什么时候见面了，一定要请我吃饭，一定要我给她写几幅字。我满口答应，说没问题。

那天，蕾突然又和我联系，我当时正在郑州录制歌曲，顺手就把歌曲的小样发给她听。过了一会儿，蕾说："你只顾炫耀你的音乐作品，也不问问我最近怎么样了吗？"

我说，你怎么样？不是过得很好吗？

蕾缓缓地告诉我，她得病了，是癌症，已经确诊。

我听到这个消息，一时不知道怎么回答。我说："你不是医护工作者吗，怎么还会得癌症呢？医护工作者不都注意养生，注意保健吗？你怎么会得癌症呢？"

蕾说："刚开始没觉得什么，只是觉得吃不下去，胃口差。检查了之后，发现是胃癌，已经确诊，看来生命没多少天了。"

我安慰她说："你是医护工作者，要相信医学，相信科学，早期应该是没问题的。"她说但愿没问题，下一步准备去北京治疗。

随后的日子里，她在治疗的过程中，会向我说她治疗的情况，什么化疗、什么靶向。我也不知道说些什么，只是安慰她。

她恳求我，不要把她的病情告诉登封的任何人，她不想让人看笑话。她说，她父亲因患癌症去世得早，母亲目前还不知道病情，但有所怀疑，她让我不要告诉登封的任何人，更不能让她的母亲知道。

我郑重地答应了。

在北京治疗后，她好像回到了河南，但这个时候，疫情开始了。疫情期间，我问候了她几次，她都没有回复我；疫情稍微平缓的时候，我的作品集出版了，我联系她，让她提供详细的地址，想给她寄本作品集再寄幅字，她仍然没有回复我。我没有往坏处想，只是想她可能不方便，方便的时候会告诉我的。

去年年底的时候，周历出来了，我联系她未果；今年文集出来了，我又联系她，依然无果；上个月，2022 年的周历出来了，我又联系了她，依然是无人理睬。

　　我拨通了她的电话，电话里传出一个声音："您拨打的号码是空号，请查询后再拨……"

老　林

　　1995 年刚开春的时候，我在一个朋友那里玩，看他订的《中国书法报》，上面的一则招生启事吸引了我，说是中国书协培训中心在北京举办面授班，学费大概是 600 元。朋友见我感兴趣，便怂恿我一起去报这个班，我几乎没怎么思索就答应了。我找来笔纸仔细抄录了上面的收款人和地址、电话等，第二天就去邮局汇款报了名。

　　我和朋友说了这个事情，并催他报名。他虽然答应了，却一直也没有行动，等到过了一个多月，要开班的时候，我一个人踏上了去北京的学习之路。当然，也许朋友有他的想法，这都无关紧要了。

　　我乘坐当晚 K180 次列车，买的是无座票，上车后去餐车加了 10 元钱，坐了一夜总算是到了北京。教学点设在国防大学，我从火车站乘坐地铁直接就到了，基本没有费什么事。

在会务组报到后，会务组安排学员住在学校隔壁的玉泉宾馆，房费一晚大概是 80 元，我心疼钱，就没在玉泉宾馆住宿，只是交了一周的伙食费，跟着学习班共同进餐。餐费不算很贵，甚至比街上还便宜，大概是一周 150 元，每天也就是 20 多元的费用。

报到后我直接带着行李去听课了，讲课的地方是个大礼堂，里面最少坐了有五六百人。上午的课乏善可陈，我听了一会儿就睡着了，据说我的鼾声很响，旁边的一位山东大哥碰了我几次，也没能挡住我去见周公。

下课后，那个山东大哥也没有住处，我们就出门开始找住处。就在学校的对面，有一个院子，门头上有旅馆的字样。我们进去问了一下，双人间是 26 元，每人 13 元，有公共厕所和洗澡的地方。价格还算便宜，我们对视了一下，就登记住下了。

这个院子里，都是一层的瓦房和平房，我们住的是最南面的瓦房。虽然屋子里陈设很简单，但打扫得很干净，被褥也非常整洁，我们两个都庆幸选对了地方。就这样，我们白天在对面国防大学上课，晚上就回到这个小旅店休息。

后来，我发现不单单是我们俩在这住，还有其他的同学在这里住，毕竟便宜，看来天下还是穷人多啊！

在我们隔壁房间住的老林，就是我们的同学。老林名叫林国忠，瘦瘦高高的，一头银发，收拾得干干净净的，看上去很斯文。我一问老林的年纪，他居然是 20 世纪 40 年代生人，当时已经五十多岁了，因为喜欢书法，所以跋涉千里来北京学习。

老林家是广东的，他说来趟北京，光路上坐火车就要花两天两夜，真把人坐怕了。老林不是一个人，他是和老伴一起来的。他老伴姓苏，个子很矮，长得黑黑胖胖的，老是一张嘴就先笑，不笑不说话。我疑心这位苏阿姨是少数民族，苏阿姨却拿出了身份证，说自己是汉族，并笑着说老林才是少数民族。老林尴尬地笑笑，说自己是畲族，还问我们听说过没有。

后来的日子里，老林夫妻二人也和我们一起去上课。老林的老伴手里老是拎一只塑料桶，几乎是走到哪里拎到哪里。我很奇怪，就问她为什么要拎个桶，苏阿姨用她那夹生的普通话磕磕巴巴给我解释，说出门带个桶好处多，里面可以放东西，晚上还可以装水洗澡，如果不想出去，还可以解决小便。

当我听到这个桶的多种用途，最后一种竟然是装秽物，不禁皱起了眉头。苏阿姨见状哈哈笑了，说："小薛，我是逗你玩的，我们最多用这个桶冲凉、洗衣服，你放心，是没有解过手的！"但我依然疑心这个桶不洁净，就赶紧走快了两步，把这夫妻俩甩在了身后。

每天上完课，晚上我都会在房间里写字。我带着笔墨和毛毡，铺在桌子上，就开始挥洒起来。同室的山东大哥，刚开始看了两次，后来就被电视节目吸引了，好像忘了这屋里还有一个人似的。

老林夫妻晚上来串门，见我写字，二人就一直在旁边看。老林边看边给我点烟，苏阿姨则是倒茶、拿水果让我吃，我有点受宠若惊。老林一边看一边和我聊天，聊的多是他的过去。从聊天中，我知道这也是一个具有传奇色彩的人。

老林说，他们那个地方很偏僻，他们族连文字都没有，一直是比较落后的。直到1949年以后，他们那里解放了，他们寨子才一步跨入了社会主义社会，老林才得以上学学习文化，并一直上到了高中，最后到了乡政府工作。他在乡政府的办公室工作，从年轻时候就迷上了书法，跟着当地的一位汉人老师学过书法，现在终于能出来学习、开眼界了。老林说，林国忠其实是他的汉族名字，是当年去他村里的干部给起的，他还有一个畲族名字，但这几十年来，一直没有人叫过，自己都快忘了。

我这才明白，老林为什么一点儿也不像少数民族，原来是这么回事。

那天上的作品点评课，600人分了几个组，分场地由不同的老师点评。老林、山东大哥和我是一个组，我当时已经开始写明清一路的行草书了，在点评课上，老师对我的作品评价很高，说有传统还有自己的想法，冲刺展览应该没什么问题。我听了很受用，自己多年的努力受到了肯定，证明自己的付出是值得的。老林和山东大哥也给我竖起了大拇指，那一刻，我似乎觉得有些飘飘然。当然，我也见到了他们二位的字，山东大哥写的是隶书，刘炳森一路的；老林写的则是类似颜柳一路的楷书，很普通，说实话还不是很入门。

下午快下课的时候，老林找到我，说晚上要请我和山东大哥吃饭。我觉得不好意思，就说出门在外，都不宽绰，还是免了吧。

老林有些不高兴，说大家难得认识一场，再有两天就分手了，一定要聚一聚。我退了一步说，那要不这样吧，我们 AA 制，所有的花费大家均摊好了。老林见我答应了，也就说了可以。

晚餐是在我们住宿的旅馆餐厅吃的，餐厅的菜很家常，价格也算公道。老林点了六个菜，要了瓶红星二锅头，老林和他老伴，山东大哥和我，我们四个一起吃了一顿别有意义的晚餐。

老林的老伴不喝酒，只有我们三个人喝。红星二锅头几元钱一瓶，喝下去火辣辣的，有一种特有的香味。老林是 40 后，山东大哥是 60 后，我是 70 后，又是第一次在一起喝酒，大家都很拘谨，直到第一瓶酒喝完，大家的兴致才上来了。

第二瓶酒拿上来的时候，老林要求每人表演一个节目助兴。老林自己先唱了一首，是他们本民族的歌曲，他说是《高皇歌》，旋律质朴，曲调高古，可惜我一个字也没听懂。山东大哥唱了一段吕剧，我听着和河南的豫剧有相同的地方。轮到我唱的时候，我先唱了一首《来生缘》，他们说不行，得唱有地方特色的，我被逼无奈，只好又唱了一曲《卷席筒》中小苍娃的唱段。

大家唱得兴高采烈，连饭店里老板娘、服务员也朝我们这边看了过来。幸亏别桌的客人都已经走了，餐厅里只剩下我们这桌客人了。

第三瓶酒喝了一半，实在喝不下去了，老林的老伴把酒盖了起来。饭店里的老板娘已经来催我们结束，说他们要下班了。说好的 AA 制，但老林的老伴不知道什么时候已经把钱付了。山东的大哥不乐意，从口袋里拿出钞票塞给老林，老林一把推了过去，可能用力大了点，山东大哥差点摔个趔趄。争执了一番，最后还是老林请我们吃了这顿饭。

二锅头这酒，喝的时候问题不大，但第二天醒来的时候，后劲就上来了。第二天早上起床后，我觉得头疼，是那种隐隐约约的疼，头晕乎乎的，看来头天晚上真是喝多了。忍着头疼，我还是坚持去上了课，坐在课堂里，我觉得如果不是可惜这高昂的学费，我肯定是在屋里休息了。

下午的时候，我开始缓了过来。到了晚上，基本已经完全恢复了。现在想想，还是年轻体力好，所以恢复得就快。晚上我依旧在房间里写字，山东大哥出去找老乡说话了，这时老林夫妇又来了。

老林说昨晚的酒喝得很开心，同学一场，就应该是这样。他老伴插话道，还开心呢，昨晚老林都吐了，吃的饭菜都吐了出来，真是浪费。老林说，吐了后就好受多了。老林问我怎么样，我说我没有吐，只是觉得头疼。

我一边写字，一边和老林说话。说了一会儿，老林向我要字，让我送他几幅字学习。我说我没带印章，在这里写的都是练习的，连款都没落，我回家给你寄吧。老林说，没有落款也行，他很喜欢我的字，准备好好研究研究，学习学习我的笔法。我听他这样说，只得说那你挑吧。

老林好像等的就是我这句话，他连忙在一旁我写的字中翻检起来，一会儿就挑了好几张，有四尺的，还有六尺的，都没有落款和印章。老林挑好了，忽然就给我鞠了个躬，说谢谢我的赠字。我赶紧拉住了他，说："不要客气，您还请我吃饭了不是？"

一周的培训很快就结束了，我们各自回到了家里。当年下半年，培训班办了个书法展，在历届学员里征稿，我也投了一幅，后来展览结果出来了，我获得了二等奖。后来，我在相关的报纸上也见到了获奖、入展的名单，入展的名单里赫然有"林××"，我心想这个老兄进步够神速的，能够在众多学员中脱颖而出，真是个人才啊。

快过年的时候，我收到了这次展览的作品集。我仔细地翻阅了作品集，看了好几次自己的获奖作品，心里感觉美滋滋的。当我翻到林××的作品时，却觉得有点眼熟，再细细一看就愣住了，我发现了一个惊天秘密：老林这幅字是我写的！我想了想，这幅字就是老林在我的习作中挑出了一幅，在旁边补上了自己的名字，题了长款，然后拼在一起投稿了。

我看得很气愤，便想打电话向主办方投诉举报，但我冷静了一下，决定还是先打电话给老林。我拨通了老林家里的电话，很快就联系到了他。我自报家门说我是谁，顾不上老林的寒暄，开门见山地说我见到作品集了，问老林怎么办。老林先是给我道歉，让我别生气，然后给我解释。

老林在电话里说了一通他不容易，学书法年纪大了，资质也不行，但学了一辈子了，在当地也有一些虚名，这虚名也害了他。他虽然写了一辈子字，但像样的展览一个也没入展过，无奈之下才用了我的字投稿。请我看在他一把年纪的份上，原谅他。如果我举报了，他一辈子的名声也就毁了，他们当地知道他入展了，还给他开了庆功表彰会，请我千万不要和他一般见识。

听了他这番话，我也不知道说什么好了。最后，他表示不会亏待我，一定会有所表示的。以前没有遇到过这样的事情，我也不知道该怎么处理，我叹了口气，默默地挂了电话，心里已经原谅老林了。

过了几天，我收到一个包裹单。我去邮局把包裹取回来，拆开一看里面是两条烟，是老林寄来的。烟是当地的名烟，比较名贵，我知道这就是老林说的"有所表示"。

后来，我还陆续收到了老林寄的其他土特产，甚至还收到了一条火腿。火腿家里人都没吃过，也不知道要怎么处理，后来试着做了几次，味道还真的不错。

又过了几年，老林打电话来，说还想让我代笔，他想投一个其他的展览，并答应付钱，我犹豫再三，最后还是婉言拒绝了。

再后来，老林也就不和我联系了，这一晃就是很多年过去，前天早上，我刷抖音，抖音给我推荐了一个国礼书法家，鹤发童颜，穿着亮黄色的唐装，颤颤巍巍地写了一幅"马到成功"，那马字写得像一匹飞腾的马，下面留言一片叫好。

我觉得此人面熟，想了想，这不就是我的同学老林吗！

唉！

冀大哥

　　说了老林的故事，引出了对山东大哥的回忆。我想了一下，这个山东大哥也应该写一笔，不然就枉费我和他曾经同居一室的友情了。

　　山东大哥叫冀良才，个子很高，大概有一米八，大长脸，剃了个平头，面色黑里透红，说一口山东话，真有点山东大汉的味道。当时是春天，他穿了一件深灰色的西服，西服很肥大，里面穿了一件白衬衣，没有系领带，但第一个扣子却系得很严实，看上去像一个乡镇企业家。

　　当我问冀良才贵姓时，他回答姓"jì"，我一度想着是姓"纪"，至于"良才"二字，从他嘴里说出来，我听着是"凉菜"，心想这人怎么起个这名字。直到我见到他书法作品上的落款时，才知道他姓"冀"，我也是第一次在生活中见到这个姓氏。冀大哥的山东口音很重，说话快了我就听不懂，有时和他交谈觉得很费劲，实在忍不住了，我就提出抗议，让他讲普通话。他嘿嘿一笑，说自己说的就是普通话。

这位冀大哥是下岗工人，后来开了个画廊，经营名家字画，收入颇丰。他的烟瘾很大，抽的烟是山东的"大鸡"烟，他说他一天最少得两包，要是让人的话，可能要更多一些。说着，就给我递过来一支。我们二人在房间里抽烟、聊天，屋子里一会儿就烟雾腾腾，仿佛进入了神仙福地一般。

冀大哥说了他们当地的几个知名书法家，可惜我一个也没听说过，冀大哥说他们之间的关系很好，说我什么时候去山东，他可以叫他们来作陪。冀大哥说着从自己的皮箱里拿出了自己的书法作品让我看，大多数是隶书，刘炳森一路的，还有几幅篆书，效果还不如隶书。再看落款的行书，则是十分蹩脚，也许这位大哥在行书上没下过什么劲。

然后冀大哥又说起了河南的几位书法家，也是如数家珍，连这些书法家的家庭住址，他都说得头头是道。我不禁插嘴问他，怎么知道得这么清楚。冀大哥笑了笑说，他报过河南书协的函授班，去郑州参加过几次面授，顺便去老师家里拜访了一下，老师们都给他写过字。冀大哥说这话的时候，脸上抑制不住有几分得意之色。

随后的几天，我们几乎形影不离，上课下课都一路同行。冀大哥背了一个松下的单反相机，每到下课都会和老师合影留念，我也跟着蹭了一些合影。

后来，关于书法作品评选、入展的一些问题，冀大哥显得一脸不屑。他神神秘秘地告诉了我一些关于书法评选的内幕，说某某是某某的学生，某某是某某的关系户，某某为了入展给评委送去了唐三彩，等等，说得煞有介事，全部是八卦新闻。我听得目瞪口呆，原来书法还可以这样玩。

冀大哥说："兄弟你太年轻，还不懂政治。什么是政治？政治就是玩人际关系，没有人际关系，做什么都不会成功的。"我摇摇头，想辩驳两句，但最终还是没说出什么。许多年后，我仔细想想冀大哥说的这番话，还是有一定道理的。至于那些见不得人的内幕，多半是真的，是存在的。

培训班的最后一天，下午没有课，我和冀大哥乘地铁逛了琉璃厂，我买了许多书，还有笔、纸等东西，装了满满一大包。冀大哥一本书也没有买，只是在荣宝斋门口买了几幅假启功和假刘炳森的书法作品，我问他买这些假的干什么，他又是神秘一笑，说是回去了好送人，反正他们也不懂。

培训班结束了，我退房准备回家。大哥说他还要待两天，要去拜访一下那些授课的老师，主要去拜访一下沈鹏先生，再去拜访一下刘正成先生。我说向他们请教吗？大哥笑笑说，看能不能搞几张他们的字。

我走的时候，大哥把我送到了火车站，我们在站外的广场边抽了支烟，又说了会儿话，我才进站。冀大哥嘱咐我，年轻人有灵性，好好练，别荒废了！他紧紧地握着我的手，我感到了他话语中的真诚。

1997 年，冀大哥居然到了登封，在登封找到了我。当时我正在上班，对大哥的到来感到惊讶，有点儿猝不及防。他还是那个样子，说是来河南了，专门来登封看看我。我说要给他安排住处，他说他已经住下了。

当晚，我和他在登封吃了羊肉烩面，点了几个小菜，喝了瓶酒。他依然操着浓重的山东口音，给我讲书坛的一些内幕。第二天，我给他安排了少林寺等景区的门票，他很感激，连声说谢谢，然后我们就告别了。

这一晃好多年过去了，2004 年，在书艺公社论坛有一个人在帖子下留言，问我还记得他吗，我看了一下 IP 地址是山东，意识到这可能就是冀大哥，问了一下果然是他。我们聊了几句，我要了他的地址和电话，将我的作品集寄了一本给他，但随后就杳无音讯了。

再后来，我们也没有再联系，直到在抖音上刷到国礼书法家老林，我才又想起这些陈年往事，才想起了这位曾经和我住一个屋子的大哥。

这也许就是蝴蝶效应吧。

我记得冀大哥是 1962 年生人，算起来也是一个花甲老人了，大哥一切都好吧？

祖母的名言

    关于我的祖母，以前不止一次出现在我的文章中。祖母已经去世二十多年了，但经常出现在我的梦中，像从来没有离去一样。梦中的祖母，依然那么的慈祥，那么的和蔼，满脸的笑容……每次从梦中醒来，我总是很怅然，因为我知道，今生今世都不可能再见到她老人家了。

    祖母虽然没上过学，甚至连她自己的名字都不会写，但从我记事起，祖母总是说一些谚语、名言来教导我，这些短小的民间韵语，蕴含着人生的哲理，是祖祖辈辈流传下来的处世哲学，也影响了我的为人处世，影响了我的整个人生。今天在群里和朋友们闲聊，忽然就想起了祖母说过的这些话，从某种意义上来讲，祖母属于那种不识字的文化人。

请客吃酒量家当

祖母对我说，请客吃酒量家当。这句话的意思是，可以去玩，可以去奢侈，但要看你的家底允许不允许。如果家底允许的话，偶尔去吃酒、设宴，只要不影响整个家庭的经济大局，也是无妨的。

男人的天性好玩，年轻人谁不喜欢出去吃酒玩耍。如果家里老底厚了，玩玩就玩玩；但沉溺于吃酒、玩耍，家里坐吃山空、举债度日还要继续，那这个家也就完了。

我在网上看到一个新闻，某人举债打赏直播的播主，债台高筑，被人诉诸公堂；还有某女沉溺于某游戏，挪用公款，诈骗亲友，一掷四千万为某游戏充值，最后撒手人寰。这些正是不考虑自己的身家，脑子一时冲动，做下后悔莫及的傻事，所谓请客吃酒量家当，做事还是要三思而后行。

我每次有大项目支出时，总会不由自主地想起祖母说的这句话，有些时候，我会克制住自己的冲动，过后也就了然了。

光棍大，朋友架

祖母鼓励我多和人交往，她知道一个人的能力是有限的，一个人要成就大事，必须取得很多人的帮助才能成功，所以她跟我说："光棍大，朋友架。"

在登封话里，光棍有两个意思，一个是指单身的男人，另一个指混得好的人，这里的光棍指的是后者。登封话，那人是个光棍，是指那人混得好很有出息；那人看着很光棍，指那人穿着打扮气质与众不同。光棍大，指的是人混得出息，混出了大名堂；朋友架，指要靠朋友的帮忙，大家的捧场，有"花花轿子众人抬"的意思。

祖母有时会换个说法，"光棍耍得大，全靠朋友架"，意思是相同的。

人家唬，你也唬，人家骑马你拍屁股

这句话是告诫我不要盲目地去跟风，每个人的情况是不一样的，家庭背景也不一样，同样的一件事情，放到有些人那里就是小事，放到其他人那里就是天大的事。

祖母最早和我说这句话，是我和一个同学暑假里跑出去玩，没和家里打招呼，跑出去了一天，回来遭到了全家人的批判，差点挨打。祖母说，你的暑假作业都没做完，人家作业做完了才跑着玩，你这不是"人家唬，你也唬，人家骑马你拍屁股"吗？

那个同学的父亲在县政府上班，全家吃的是商品粮。祖母说，他学习不好也没事，到时候可以接班，你学习不好只能回家种地，你就别跟着人家唬了。祖母的预言很准确，那个同学高中没毕业，就内招进了单位上班，现在也是某单位的领导了。

　　祖母说过的这种很有哲理的话很多，有些言简意赅，有些发人深思，都是先民们一代代摸索出的处世哲学。虽然他们不识字，但还是口口相传，这种流传下来的文化，构成了中华文化最基础、最接地气的一部分，如今人们在用，今后必然也会代代传下去。

人間煙火

洛阳有水席，登封也有水席。两地本就接壤，民国年间，登封属洛阳管辖，解放后登封先划给了开封，随着河南省会迁址郑州，登封又划归郑州至今。其实，不但登封有水席，豫西各地都有水席，只不过洛阳的水席叫得更响罢了。

在登封街头，好多经营水席的店，都打的是颍阳水席的牌号，仿佛不说是颍阳的，就不够正宗似的。登封水席，尤其以颍阳水席出名。

美食两题

鱼　汤

那年去尉氏，早上朋友说带我去吃鱼汤。我印象中的鱼汤，应该是鲜鱼熬出来的汤，汤里撒点胡椒粉，汤色熬得白花花的，最后再撒点香葱、芫荽，这样的汤肯定好喝。

我跟着朋友一起去了老街的一家早餐店里，店在街道的拐角处，是家老店，铺面朝东边和南边都开有门。吃早餐的人不少，大部分是本地人，我们也找了个地方坐下，朋友要了两碗鱼汤。

等了片刻，鱼汤就端了上来，不是我想象中的鱼汤，而是另外一种风味的鱼汤。汤底是放了酱油、勾了芡的，类似胡辣汤的样子，上面撒了一层焦炸的小鱼儿。用勺子舀了一勺放在口中，是酸辣口的，小鱼炸得酥脆，吃到嘴里咯咯嘣嘣的，这样的鱼汤，也算是当地的一个特色了。

配着鱼汤吃的是现炸的油条，油条炸得焦黄，就是传统的那种油条。喝一口汤，吃一口油条，满屋子都是呼呼噜噜、嘁里咔嚓的声音，构成了早餐的二重唱。边吃边听朋友介绍，喝鱼汤、吃油条是当地最好的早餐。

那鱼很小，大概只有半截指头长，裹了面糊炸制而成，盛汤的时候，抓一把撒在上面。如果嫌吃得不过瘾，还可以掏钱再加鱼。我喝了一碗汤，吃了一根油条，已经觉得饱了。朋友却转身又加了一碗，又吃了一根油条，嘴里还嚷着："薛老师，吃饭可不要作假啊！"

一晃多少年过去了，请我喝鱼汤的朋友也多年没有见面了。今年春节，一直猫在家里，不知道吃些什么，我忽然就想起了这碗鱼汤，便想复刻一碗。

找来冰箱里的胡辣汤料，煮了一碗胡辣汤，吃的时候，将我学生寄来的小虾米撒了一层，放了点醋，喝着味道大致相似，遗憾的是没有小鱼，但小虾的味道接近，聊胜于无吧。

一种美食，一段往事，在灯下喝着自己做的"鱼汤"，不由就想起了那些美好的往事来。

羊肉粥

昨晚在群里谈喝酒的害处，得到了许多群友的赞同。不料我去看今日头条的时候，给我推送的都是关于喝酒有害、怎样解酒的文章，大数据年代，有些事情实在不好说，这边刚提，那边推送，你说没有窃听，叫我怎么相信？

以前和任兄聊天，他说有家卖羊肉粥的店，他们半夜喝完酒，就打个电话让人现做，然后过去喝粥。大冬天的深夜，一群醉汉跑到一家小店喝羊肉粥，羊肉粥暖胃、醒酒，给酒醉的男人带来了一丝慰藉，由此看来那家的羊肉粥做得实在有特色。

任兄说，喝得久了，他在家里也会做了，并且能完美复刻，然后他就告诉我了大概的制作方法。在我的印象中，我在家里做过羊肉粥，只是次数不多，他这一说就加深了我对羊肉粥的印象。

那天，家里煮了一锅羊肉，吃了几顿后，我就想起了羊肉粥的话题。于是我找来大米淘洗了一番，放在了电饭煲中，然后倒入煮好的羊汤，并撒入了一些胡椒粉。同时，将熟羊肉切丁、切粒，和大米同煮。按了个煮粥的键，然后就开始准备配菜。胡萝卜适量切粒，粥煮到一半的时候投入。香葱洗净切成葱花，芫荽切碎，用生抽、盐、味精稍微腌制一下备用。

等到一个多小时后，羊肉粥煮熟，跳到保温键时，将配菜倒入，迅速搅拌，顿时厨房里便洋溢着浓郁的香气。

盛了一小碗，用勺子舀起，吹着放入口中，鲜香味美，妙不可言。羊肉煮得很烂，肉的香味已经完全煮进了米中，再加上香葱、芫荽提鲜，这粥立刻就生动起来。

　　冬日的清晨或者是深夜，有这样的一碗粥，温暖你的胃，温暖你的人，你会觉得心情好了许多，人间值得。

葱　事

过了腊八，一切都紧张起来。今天上午，收到了《嵩阳闲人笔记》的样书，迫不及待地打开包装，看到书的那一刻，我十分开心。几十年了，自己的东西终于变成了铅字，变成了书，等于得到了大众的认可，这种心情，不知您会不会理解呢？

二十多万字的上下卷，厚厚的两本书，我当即拿着书找母亲，把喜悦分享给母亲。母亲不识字，但我觉得母亲应该认得我的名字，我指着我的名字对她说，这是我出的书，国有出版社出的，二十多万字，我出书了。

母亲的脸上露出喜悦的笑容，她接过书看了又看，问我："这书得值好多钱吧？"我说："大概不超过一百元吧。"母亲说："你又得想办法卖了吧？"我说："先不管那些，把书出版了再说。"

母亲看着我说，这都是你的心血，这都是你熬夜熬出的成果。人啊，还是健康最重要，其他的都是搭头。

我点点头说，就是。

母亲说，你熬夜写东西，我都知道，我半夜起来，看你还亮着灯，就知道你没有睡，你咋就不听话呢。

我又点点头，说我以后早点睡。

母亲说，出书不出书的都没事，你要健康才好。不要老在屋里趴着写东西，这世界上的字会写完？还是要多出去转转，多运动运动，这样身体才会健康。你老大不小了，不要光在屋里坐着。

在母亲的世界里，可能认为人多锻炼，多运动，身体就一定会好，读书写字意义其实不大，远不如有一副健康的体魄。

我竟无言以对。

过了一会儿，我告辞要走，母亲叫住了我。只见她从厨房拿出一捆葱，问我：你那里还有葱吗？我低低回了句，还有葱，您留着自己吃吧。

母亲又问，有多少？能吃几顿？

我说，还有两棵，这段时间都没吃葱，都是吃的蒜苗。前一段时间去超市里买葱，十元钱仅买了四棵葱，蒜苗还算便宜，两块九一斤，买了些蒜苗，最近吃的都是蒜苗，葱就吃了两棵，还有两棵。

说完这话，我自己忍不住先笑了。

母亲瞪我了一眼说，两棵葱，那也叫有葱？说着，她从一捆葱里掐出来一大把，让我拿回去吃。我还在推辞，说不要了，葱这东西不是生活必需，蒜苗完全可以代替，再说两棵葱就在那里，真需要的时候，拿出来吃也不迟。

母亲面色一沉，看上去有些不高兴，说让你拿你就拿着，这么多葱，我买了就是让你们吃的。这是本地葱，五块钱一斤，卖葱的是颍阳的，急着处理，我一下给都他买了，不值多少钱的。

母亲说，你这孩子，就会犟嘴，赶紧拿上回去吃吧。

我赶紧说，行，我拿着。说着伸手接过了母亲递过来的葱，那葱搁往年，就是很一般的葱，葱叶都黄了，只剩下葱白了，看上去不怎么样。但今年，大葱的价格飞涨，有些葱吃就已经不错了。

中午的时候，我做了一碗面，葱爆羊肚浇头。热锅凉油，放入切好的斜葱段，放入羊肚油爆，霎时间香味就溢了出来，满屋都是葱香味，是真正的人间烟火。

猪头糕

洛阳有水席，登封也有水席。两地本就接壤，民国年间，登封属洛阳管辖，解放后登封先划给了开封，随着河南省会迁址郑州，登封又划归郑州至今。其实，不但登封有水席，豫西各地都有水席，只不过洛阳的水席叫得更响罢了。

登封水席，尤其以颍阳水席出名。在登封街头，好多经营水席的店，都打的是颍阳水席的旗号，仿佛不说是颍阳的，就不够正宗似的。

去颍阳的水席馆子吃饭，店家肯定会推荐的必点凉菜是"猪头棍儿"和"猪头糕"，"猪头棍儿"是记的音，具体是哪个字我也说不上来，但猪头糕断不会错的。猪头棍儿还有一个称呼，大致叫"猪头橛儿"，这是汉语拼音去记登封土话的音，其实是不一样的，橛字发"jué"，这个字发"jiuo"，后边加上儿化音，汉语拼音里是没有这个读音的。

说了半天，大家要听迷糊了。其实，通俗地说，这两个菜普通话里都叫皮冻，猪头棍儿里没肉，猪头糕里则是加了瘦肉，两者的区别仅在这里。在颍阳水席馆子里，当你为点哪一个皮冻犹豫不决的时候，老板往往替你决定，"点个双拼吧"，双拼就是一半猪头棍儿一半猪头糕，两者拼成一盘凉菜。

　　皮冻这个菜，基本算是大众菜，去其他馆子里吃，也都能见到。老板会怂恿着你点，口口声声说着"自制皮冻，放心吃吧"，我想了想，老板极力推荐的原因无非是这个菜的利润高，猪皮熬制的，却卖了个肉的价钱。为什么说自制的，是因为造假的太多，造假者往汤里兑了明胶，从食品安全方面考虑，人们还是愿意相信自己熬制的。

　　我以前在菜市场见过牛肉冻，颜色透明，里面有几片红鲜鲜的牛肉，价格却不贵。一吃之下，觉得没有什么味道，吃在嘴里有弹性，不知道那些奸商是用什么熬制的。这些年食品安全监管的力度空前加大，早已经不见那些假皮冻的踪影了，看来这东西必须重罚才会见成效。

　　大部分饭店都有皮冻，口味却不尽相同，其中的差别就在调菜的汁水上。包括我去颍阳水席店中吃的皮冻，严格地说来，也不很尽人意，基本就是家庭调凉菜的味道，干巴巴的，太家常了，用乏善可陈形容都不为过。我理解的调皮冻汁，首先是蒜汁，里面要放醋，放辣椒油，再放小磨香油，汁水要宽，才能入味。也有加葱花和芫荽的，我觉得还是放点葱丝效果更好，好看，更出效果。

凉拌菜的灵魂在汁水，北方人吃凉拌菜，南方很少见凉拌菜。早年我发现这个情况，想了一下，可能是南方天气原因，容易变质，吃了对身体不好，所以人们都不吃凉拌菜。我吃了这么多凉拌菜，四川和河南的最佳，其余的皆不足观，逊色不少。某年去东北，吃了东北的凉拌菜，极为一般，试了几家馆子都是，始知当地的凉拌菜就是这个水平。

回到皮冻上，皮冻的制作很简单，就是用猪皮切成条，在锅里慢慢煮，直至把猪皮里的胶原蛋白熬出来，溶解在水里，待静置凝固后，就成了皮冻。工艺虽然简单，但是非常考验人的耐性，有熬制不成功的，总是被抱怨太软，筷子夹不起来的，其实就是没熬透，胶质还没完全释放，水分太大，继续熬就是。熬制成的皮冻，里面可以添碎肉，加酱油、盐，可以制成咸味的。也可以什么都不放，只把肉皮剁碎放进去，这样凝结成的皮冻是白的，像和田玉一样，加上料汁一拌，效果也是"刚刚的"。

早年家里过年的时候，要杀一头猪，煮一大锅肉，最后肉吃完了，母亲便将里面的大料捞出，那肉汤因为反复熬煮，凝固之后就是皮冻，就馍下饭，也是无上的美味。

有人说吃皮冻好，皮冻里面富含胶原蛋白，对皮肤有好处。我和一个医生说起这个话题，那医生笑了笑说，虽然说里面是胶原蛋白，但是大颗粒的蛋白，人体并不能吸收，人只能吸收小颗粒的蛋白，吃皮冻、猪蹄美容，纯粹是一厢情愿的说法。大颗粒蛋白，人不能多吃，多吃会给肾脏造成负担，得不偿失。

想想也是，什么东西都要有度。虽说没人拿皮冻当主食，天天去吃，但指望吃皮冻美容的朋友，还是断了这念想吧。

桑葚

以前，桑葚在水果里毫不起眼，好像不算是什么正经的水果。个头小，模样丑，味道也不正，虽然是甜的，但那甜味是一种怪味的甜，不是正宗的果味甜，所以，以前人是不大吃桑葚的。

我同学家是东金店某村的，他说他们村头的桑树，每年结的桑葚可稠了，但没人吃，只有小孩子家会去摘了吃，大人们是不屑吃这些小玩意儿的。据我这同学说，他娘老是去摘桑葚，摘了桑葚没人吃，大都倒在猪圈里喂猪了。

他说罢，笑嘻嘻地拿出一捧桑葚请大家吃。大家自然是不吃，人家都说了是喂猪的，再去吃了，不就变成猪了吗？大家在假意的推让中，还是吃了一些，尝了尝味道。

本地的桑葚确实不怎么样，个小，还有酸涩味道，那甜味怪怪的，大家集体评价，桑葚确实难吃，只配喂猪。

我老家是嵩阳城东街的，距离东边的菜市街很近，只有二三百米的距离。菜市街是农副产品交易市场，是当时最热闹的所在。好多商品是自产自销，家里的鸡蛋、树上结的桃杏都拿来卖，也有人拿了桑葚来卖。

那种本地的桑葚，个头小，颜色也不一致，买的人很少。我见过一个老妪挎了个篮子，沿街卖桑葚，终究是没有卖掉，最后恳求饭店老板，下一碗汤面就将桑葚送给他。

饭店的老板是我们一家子的叔叔开的，那时年轻气盛，嘴上叼着一根烟卷儿，皱着眉头说："这东西只能喂猪，怎么能换我一碗烩锅面，真是痴心妄想啊！"说着，一把接过桑葚，倒到泔水桶里了。老妪见状，悲愤不已，遂大哭，说店老板欺负人。老板说："我不欺负你，桑葚我给你倒了，意思是我不稀罕你那物件，我为你做一碗烩锅面，是白送给你的，你尝尝，咱这面吃着美气得很。"

未几，果然做出一碗素烩锅面，端到老妪面前，并且骄傲地说，尝尝咱这手艺如何？那老妪破涕为笑，遂赞不绝口，夸老板是个热心肠。

事情过去好多年了，我还依稀记得那个老妪的样子，一脸的苦相，眼角总是擦不净，有眵目糊，看上去就是过得很糟糕的样子，我还记得她说她家是砂锅河的。

三十年河东三十年河西，近些年来，桑葚进入了高档水果店，用塑料小盒子装着，上面还绑了蝴蝶结，看上去很高级。一问价格，一斤二十多元，算是名贵的水果。

友人买了些送我，我推辞着不吃，但架不住友人的热情，还是吃了几个，入口之后，我发现现在的桑葚比以前的好吃，甜度增高了，汁水也多，最重要的是个子也大了，颜色黑油油的，黑中透亮，透露出一种贵族气息，和以前的桑葚不可同日而语。桑葚吃多了，舌头都染黑了，不知道的还以为是中毒了，惹得朋友们乱问。

更有甚者，我见过一种很大的桑葚，每条大概有小拇指大小，紫红色的，味道极甜，有"桑葚王"之称。导购说这些桑葚是外国引进的品种，不易采摘，保质期也短，所以价格昂贵是有一定道理的。

当然，总有一些自作聪明的人会说，不敢吃，这些是转基因的，吃了有害身体。好像什么都懂，不说几句转基因，就不能证明他爱国，不能证明他的知识面宽广似的。

前日，家里买了桑葚，品尝之余，想起了这些陈年往事，于是就有了这篇文章。

荔　枝

　　上学的时候，课文里有一篇杨朔的散文《荔枝蜜》，我才从课本上知道了还有荔枝这种水果。再后来，读到"一骑红尘妃子笑，无人知是荔枝来"的诗句，更是对荔枝有了进一步的了解。杨贵妃都不惜用快马运送新鲜的荔枝，看来这种水果肯定好吃。

　　荔枝是只适合在南方种植的水果，我所居住的地方属于北方，十年九旱，虽不是苦寒之地，但肯定是吃不到荔枝的。虽然没吃过荔枝，但我还是知道荔枝大概是什么味道。

　　那时，嵩阳城里有两个卖糖烟酒的门市，相距不过几十米。小孩们会拿了零花钱来买糖吃，糖是水果糖，就是那种方块的硬糖，一毛钱八个，很长时间卖的都是荔枝口味的水果糖，有人说这糖有一种坏红薯味。这种糖是广西出的，是最为大众的一种糖，一毛钱的糖，在嘴里嗦着，差不多能吃一天，一天嘴里都是甜的，也就为贫瘠的生活增加了许多幸福感。

后来，我读到苏东坡的诗，"日啖荔枝三百颗，不辞长作岭南人"，更加令人向往，荔枝到底是什么味道呢？但也只能想想，那时想在北方买到荔枝，吃到荔枝，基本是不可能的。原因是荔枝是时令水果，不易保存，长途运输，运到地方也就坏了。不像橘子、香蕉、甘蔗等水果，容易保存，放得时间久，所以北方人早早就吃上了这些东西。

我吃到荔枝应该是2000年往后的事，那时交通运输发达起来，嵩阳城的街头居然有了卖荔枝的。那些小贩将一颗颗荔枝摆在冰块上卖，旁边还插着绿叶，其实那不一定是荔枝的叶子，只是用来表示荔枝的新鲜。我记得街头卖荔枝的事，《郑州晚报》《登封时报》都当作新闻报道过，意思是说北方人也有口福了，在街头也能吃到新鲜的荔枝了。

我就是在那个时候吃到荔枝的，将荔枝剥开放入口中，甜而多汁，还有一种特殊的香味，我想了一下，这正是我少年时期吃的荔枝糖的味道。对于这种水果，有人劝诫说不宜多吃，多吃上火，得不偿失，于是也就吃了几个了事。

我还看过一篇文章，上面说苏东坡的诗句，其实是他听不懂粤语，产生了误会才写出的，粤语是说"一颗荔枝三把火"，坡翁是四川人，听成了"日啖荔枝三百颗"，于是以讹传讹地流传了几百年。

我真正见荔枝树，还是在福建后。在福建漳州的高速上，不时见路两旁山坡上有高大的树，上面结有红色的果子，我疑心是荔枝，就问了一下接待方的朋友，朋友说我答对了。在市区溜达的时候，见有卖荔枝的，便问了一下价格，大概是两三元一斤，很便宜的。

前日逛超市，见超市有卖新鲜的荔枝，一斤六元，价格也公道，于是就买了些尝鲜。当天吃了几粒，剩余的放在冰箱中，次日取出，风味似乎更佳，遂赞不绝口。

看别人在微信群里聊天，说起荔枝分类，有桂味、糯米糍、妃子笑等，前两种价格昂贵，一斤几十元，我所吃的妃子笑，则是最普通的一种。看人家说得头头是道，还发了买荔枝的截图，不由得人不相信，原来荔枝还有这么大的讲究。

不过，平心而论，就是这妃子笑，我吃着口感已经非常好了。果肉多、汁水多、甜度高、核小，口感很好，也不知桂味、糯米糍的口味又会好到哪里呢？

荔枝算是水果界的传奇了，杨贵妃、杜牧、苏东坡，这么多人都和荔枝有千丝万缕的关系，他们为荔枝打出的广告，被人代代传颂，这是掏多少钱都办不到的。

皮肚面

这是一家开在巷子里的餐馆，准确地说，是开在酒店旁边的一个面馆。如果不是住酒店，可能就发现不了这家餐馆。我抬头看了一下招牌"朋相舆"，我不知道为什么用这个"舆"字，也许老板自有一番解释。

我住在酒店里三天了，每天都路过这家小餐馆，抬头看招牌是我多年的习惯。我还在体会"舆"字是什么含义，在这里作什么解释的时候，店里的老板娘隔着玻璃看到了我，以为我是吃饭的，忙不迭地跑了出来，操着一口很不标准的普通话招徕我："汤包、面条、炒菜，吃饭里面坐啊。"我连忙摆摆手，笑着说吃过饭了，只是看看。老板娘的脸色马上晴转多云，没好气地回去了。

我摇了摇头，这人如此的现实，倒是我没有想到的。

第三日的晚间，因为白天很辛苦，我都不想外出吃饭了，但接待方很热情，征求我的意见问是不是想吃顿面食，因为在谈话

146

中，我告诉他我是河南的。我想了一下说，那就在楼下随便吃碗面吧。接待方的王掌柜答应了我的要求，十分钟后，我们出现在了楼下的这爿小店中。

小店迎门是一个吧台，吧台后站了个老阿姨，老阿姨戴了个老花镜，眼睛从老花镜的上面看人。吧台的左侧是明档后厨，柜台后面就是灶台，柜台上面是一溜灯箱图片，介绍了本店的饭菜。我们走上前去，仰头看上面的内容，就是汤包、皮肚面之类的照片。我印象中，此地的特色是皮肚面，没有吃过，于是好奇心起，就报了个皮肚面。

柜台后，也就是灶头前坐了个年约六十岁的厨师，穿着白色的工装，戴着罩袖，嘴里叼着香烟。看着厨师叼着香烟，我心里不由有些犯堵，指不定烟灰就飘进锅里了。厨师是个小个子，瘦瘦的，一看就是南方人的相貌。我报了皮肚面，他赶紧吆喝我去吧台报。同行的王掌柜报了个雪菜肉丝面，他继续大声吆喝着要我们去吧台报。那声音直接、粗暴，甚至带些不屑与狂傲，仿佛不这样说话，显示不出他在此间的地位。也许，在这位大厨的眼里，我们都是乡下人，他为我们做饭实际是屈尊了。

我们去吧台报了各自的面，老阿姨从老花镜上面看着我们，极力推荐他们的六鲜面，说是六种浇头的面，是招牌面。我看了一下价格，26元一碗，实在没必要，于是就坚持要了一碗皮肚面，老阿姨自作主张为我们每人加了个荷包蛋。她一边算账，一边飞快地用土语交代给后厨的厨师，用土语可能是怕我听懂，相当于用黑话交流，用"春典、暗语"接头了，其实无非就是加一个荷包蛋的事。

大厨接单后，扔掉了烟头，然后开始煮面。我喜欢烹饪，所以看得比较认真。大厨抓起一把生面在一个大锅里煮，然后用右手边的锅开始炒菜，面煮了一个滚后捞出冲洗，重新投入炒菜锅中，类似于我们北方的炝锅面，但这边好像都是单锅做的面。成品的面盛在一个大碗中，那碗很大，几乎和河南的烩面碗媲美。

先煮出的是王掌柜的雪菜肉丝面，连汤带面一大碗，大厨把面放在了柜台上，让食客自己端。王掌柜拿了筷子端了面，然后埋头哧溜哧溜吃面，看样子应该不难吃。

大厨注意到我在看他，似乎更卖力，用力抖动手中的锅，下面的柴油灶呼呼直响。两个面的做法是一样的，只是其中放的料不同，王掌柜那碗放的是雪菜肉丝，我这碗里放的是皮肚和肉丝，还加了一些番茄和菠菜，颜色看上去很诱人。

我把面端回座位，埋头吃面。先挑了一筷子面吃了一口，发现煮的是碱水面，筋道的口感有了，但有碱味，这也是南方面的特色，大都加碱，增加韧性。北方的面粉，蛋白质含量高，不用加碱和面，就能达到光滑筋道的口感；但南方的面粉，因为小麦生长期短，口感远不如北方小麦，所以大都加碱，否则就达不到筋道的口感。

夹了块皮肚，放在嘴里咀嚼，始知就是猪皮制品，类似于北方吃的广肚，有用猪皮代替广肚的，看来味道大差不差。广肚是海产品，皮肚是猪皮油炸风干，重新泡发，其价值相差甚多。开封人有过年吃油炸猪皮的习俗，只是没想到在此地也有人喜欢吃这个，并且做成了主打的美食。

皮肚没什么味道，泡在番茄的汤汁里，就是番茄的味道。汤的味道淡淡的，没有让人惊艳的地方。吃了口肉丝，肉丝很嫩，选用的是小里脊肉，倒是猪身上最好的部位，纤维柔嫩，略微一咀嚼就碎了，看来选的猪肉还不错。

我正埋头吃面，不知什么时候，发现厨师就站在我的身边。他神秘兮兮地看着我，说我们的面就是这么大碗，边吃面、边喝汤，就是这个味道。我点了点头，继续吃面。他有点不死心，问我味道怎么样，我有点烦了，心想他真以为我是乡下人，没吃过面啊！我随便答了句，还可以吧。那厨师看我如此，就悻悻地走了。

我对王掌柜说，这老小子是想让我表扬他，可惜这水平，根本不值得我表扬。我要下厨，肯定比他做得好吃。王掌柜笑笑，说碗太大了，根本吃不完。我说，我还是要再吃一点，要不老小子看我们剩这么多，该伤心了。

吃完了面，出门的时候，我看到老阿姨后面的价目表，最上面的三个字却是"朋相興"，就问她，你们的店名叫什么？老阿姨一头雾水，回答说"朋相舆"啊！我指了指她身后的字说，这个字是"興"，不是"舆"，是个错字你知道吗？

那老阿姨扭头看了一眼，说："哦，那是喷绘门市的人做错了啊。我看差不多啊。"

我说："你知道回字有四种写法吗？"

老阿姨继续低头算账，不理会我了。

野菜二题

扫帚苗

扫帚苗这种植物，生命力非常强大，房前屋后、路旁荒地几乎随处可见。我搜了一下，知道是藜科，地肤属，学名地肤，扫帚苗是它的别名。扫帚苗是一年生的草本植物，大的可以长到一米多高，等它的叶子落完，稍加修剪，就成了一把扫帚。

以前在农村大集上，见过有卖这种扫帚的，修剪得整整齐齐，一排排摆在那里卖。我们家也有一把，每天就静静地待在大门过道的角落里，扫帚把已经磨出了包浆，看来是用了多年了；扫帚的前面只剩下了几根大的枝条，那些细软的枝条早就磨没了。

这把扫帚是祖父的专用，祖父每天早上起床后，第一件事就是拿着它扫院地，还要把门口路扫一下。我的童年，每天都是在祖父的扫地声中醒来的，那"剌啦、剌啦"的扫地声，深深印在了我的脑海里，成了永恒的记忆。

扫帚苗可以食用，是一道不错的野菜。扫帚苗掐嫩尖儿，清洗后，放开水中焯一下，焯的时候水里加两滴油，这样焯出的菜观感更佳。将焯水后的菜放水管下冲凉，淹去水分，然后在菜里加米醋、辣椒油、蒜末、秦椒圈、盐和味精，根据自己口味添加，搅拌均匀，即可盛盘上桌。

此菜的特点是酸辣适中，有野菜的清香，可解腻下酒，也可以清晨佐粥。想一下，在一个宿醉未醒的早晨，喝一碗香喷喷的小米汤，就着碧绿的扫帚苗，一碗粥下去，头脑马上清醒，感觉胃里热乎乎的，满血复活的感觉，实在是爽爆了。

苋　菜

初夏的一场雨后，苋菜就开始疯长了，几乎是一天一个样，没几天苋菜就长得很高大了。有经验的农妇都知道，此时正是苋菜最好吃的时候，叶子肥大，茎秆鲜美无筋，随便处理一下，就非常美味。

关于苋菜的吃法，我曾专门介绍过苋菜烙菜馍，我至今认为，苋菜做馅的菜馍，是菜馍中的上品。

当然，我说的苋菜，指野生的苋菜。野生的苋菜和种植的苋菜味道差不多，但种植的口感更细腻，有的叶子是紫红色的，菜汤也是紫红色的；野生的口感更粗粝，更有苋菜那种独有的气息。相比之下，我更喜欢吃野生的苋菜。

苋菜清炒、凉拌、烙菜馍都好吃，各有特色。清炒的苋菜，里面一定要加蒜末，热锅凉油，将蒜末爆香，然后将苋菜放入翻炒，迅速出锅。那口味叫一个鲜，这种鲜是植物的鲜，不是肉类的鲜美，是一种清香味道，是独属于植物的鲜美。

20年前，我曾在郑州中都宾馆吃过炒苋菜，鲜美程度至今难以忘怀，以至于说起炒苋菜，我就会不由自主地想起中都宾馆，虽然宾馆早已经关门了，但就是因为这道菜，我记住了它。

前两年，我经常去一家叫"韶山人家"的小店。每次去都会点他们家的水煮苋菜，其实就是苋菜汤，味道也非常鲜美。最初是他们老板推荐的，吃了几次后，就成了我们的必点菜。尤其是酒后，来一碗鲜美的苋菜汤，让人觉得很舒服。

吃得久了，也就咂摸出其中的门道，后来我在家中根据味觉记忆，复刻了这道菜，味道大差不差。具体的做法是，用猪油将蒜末爆香，然后放入苋菜炒一下，然后加入水，等水开后关火，放入适量的盐和味精，这道省事又好喝的水煮苋菜就做好了。

端午那天，我又试着做了一次，完美复刻。就着福建的海鲜粽子，我喝了满满一碗苋菜汤，一种幸福感油然而生。

肚包鸡

　　以前看某小说，上面说一个军官，喜欢吃肚包鸡。说他每到一个地方，必定要吃肚包鸡，整部小说就是以肚包鸡作为一个题眼去写的。

　　我看得津津有味，却不知道肚包鸡是什么滋味，能够让人如此迷恋。按理说，猪肚我是吃过的，鸡也是吃过的，但肚和鸡组合起来怎么吃，就只能想象了。

　　我忘记小说的名字了，想了许久也没有想起来。最初想是汪曾祺的小说，但仔细想了下，却又不大对，干脆也就不想了。从童年到现在，我读了许多书，外国的名著、中国的名著，不知读了有多少，但现在让我去想，里面有什么情节、什么人物，居然大半都想不起来了。至于有些电影，虽然知道自己看过，但要说出里面的故事情节，也是不能说上来的。但如果再看的话，马上就知道这电影或者书我是看过的，里面的人物和情节逐渐也就想起来了。

看来，人的脑子要经常地用，否则有些记忆是会逐渐磨去的。

我第一次吃肚包鸡是在登封，某个店里新增的品种，我的学生邀请我去吃的。是真正的用猪肚包了鸡炖，服务员当着我们的面将鼓囊囊的猪肚捞出，用刀分割后盛给我们，没有想象中那么惊艳，虽然猪肚和鸡煮得很到位，蘸了料汁吃，也只觉得口味一般。

吃到中途出去接了个电话，又回到包厢的时候，鼻子却闻到了内脏处理不好所煮出来的那种气味，说不上难闻，但心存芥蒂，此后就不再吃这道菜了。

去年有一段时间在郑州工作，期间好几个朋友电话相约吃饭，又吃了一次肚包鸡，准确地说是猪肚鸡，是在肚包鸡的基础上改良过的，猪肚和鸡是分开煮的，吃的时候是切好煲在汤里的，算是一种火锅吧。

这是广东人的做法，食材处理得很干净，没有了那种脏器的味道，让人吃得比较放心。猪肚切成了条，鸡肉切成了块。鸡是文昌的走地鸡，口感嫩滑，尤其是表面的那层皮，厚实紧密，紧挨着一层筋膜，入口非常有层次。蘸料是姜蓉和生抽，姜蓉剁得很细密，用油拌制过，有生姜特殊的香味，还非常解腻。如果想吃酸的，还配有小青柑，直接挤出青柑的汁水调味，很纯粹的果酸，也起到了解腻的效果，非常可口。

店里还有烧腊，一定要点上一碟。烧鹅被斩成一块块，码放得非常整齐，烧鹅外面是金黄色，看上去让人非常有食欲。烧鹅要蘸了梅子酱吃，酸甜口的，非常刺激味蕾。烧鹅就好吃在口感丰富，外面的表皮焦脆，挨着表皮是脂肪层，一咬一口油，最里面是肌肉层，非常的嫩。蘸了梅子酱的烧鹅，一口下去层次非常丰富，焦、腴、嫩，满口酸甜，让人感叹这广东人真的会吃。

随着烧鹅端上来的还有一小碟腌萝卜，萝卜切得像纸片一样薄，也是酸甜口的，一口烧鹅、一口萝卜，这萝卜大有画龙点睛之妙。

值得一说的是店里免费的茶水，这茶水是用青甘蔗、胡萝卜、荸荠、生玉米泡制的，淡黄色的水，有淡淡的甜味，功效是清热败火，典型的岭南风味。有没有功效不得而知，但确实是好喝。免费的水，无限续杯，这也算是一种福利吧。

店里灯火通明，人声鼎沸，烟火气息，这才是正常的生活，饮食男女，无非如此。

羊肉饸饹

　　起先，嵩阳城是没有卖饸饹面的。那时节，一般饭店就卖个肉丝面、炝锅面，高级一点的饭店会做炒面、焖面，大名鼎鼎的羊肉烩面也是20世纪80年代初期才传到嵩阳城，并马上风靡全城，至今不衰。

　　我印象中，到了20世纪90年代，嵩阳城才有了羊肉饸饹面，大概是伴随着小吃街的兴起，才有了饸饹面，算来也不过是三十年的光景。

　　羊肉饸饹面是河南郏县的特产，郏县我去过，只是路过，没有停下去吃饸饹面，至今想起仍觉得是个遗憾。嵩阳城内卖饸饹面的，多是郏县人开的。但我记得很清楚，第一家在夜市卖饸饹面的却是襄县人开的，具体说是襄县颍桥的，是一家回民。

　　那家回民姓艾，他们家在小吃街出摊，一年四季，风雨无阻。因为是回民，他们家无论男女，头上都戴了一顶小花帽，以显示正宗。摊子的后边支了一口大铁锅，里面煮着羊肉和羊骨头，那锅腾腾地沸腾着，上面架了一个电动饸饹床子，将软面团扔进去，一开机器，轰轰隆隆响一阵子，饸饹面就下到羊汤锅里了。

嵩阳城的人没见过这阵势，于是都围观看个稀奇，有人站半天，面带笑容，但终究也没有舍得吃一碗羊肉饸饹面。所以，刚开始有饸饹面的时候，他们家的摊围观的人最多，生意也就显得格外的好。

饸饹面在羊汤锅里煮熟后捞出，要在大铝盆中再过一遍水，最后盛入碗中。碗里已经用羊汤调好了味，面放入后，再放入葱花、香菜和几片羊肉，最后还要放一块炸好的羊油辣椒。那辣椒倒不是多辣，最主要是香，那种羊油炸辣椒的香味，是这碗羊肉饸饹面的灵魂所在。

羊肉饸饹面的面是面糊挤压而出的，出来的面是圆柱体，遇到滚汤后迅速凝固，然后捞出过水，经过这样的处理，面吃着非常筋道有嚼头，配上羊肉鲜汤，再加上辣椒的香味，味道确实不错，有着非常强的地域特色。

那时我还年轻，才二十多岁，对羊肉饸饹面的两点处理方法不认同。一是葱花是直接撒在面上，完全是生葱，那葱花是本地葱，非常辛辣，吃到嘴里自己都觉得有味道，半晌都过不去，和别人说话都得扭着头说，于是吃面的时候，特别要求不要放葱花；二是里面放的味精太多，他们家的味精是后放的，当着客人的面，直接把健力宝罐子里的味精撒在面的上面，看着那晶莹透亮的味精，心里自然有一种抵触的感觉，我吃的时候就要求不放味精。

我又陆续吃过其他几家的羊肉饸饹面，他们的做法大致是一样的，都是最后放葱花、撒味精，我每次吃面都会交代，但做饸饹面的往往会忘了，继续放葱花和味精，我只能摇摇头，最终还是把面吃了。

再后来，卖饸饹面的越来越多，一条小吃街恐怕有几十家都是卖饸饹面的。除了羊肉的，还有猪肉臊子的。猪肉臊子的饸饹面，里面放了芝麻酱，说不出是哪里的味道，相比之下，我还是喜欢吃羊肉饸饹面。

记得有一次吃饸饹面，端面的一个小伙子说话不积德，我甚至怀疑他故意占便宜。一旦有客人坐下，他就会跑到跟前问，你们要饭了吗？你们要几碗饭？等问到我们这桌，我直接回复：我们不要饭，我们吃饸饹面，你才要饭，你们全家都要饭！一句话，把这孩子呛得不吭声了。如今想来，我呛他还是不亏，对这种没人管教的人，就是要替他爹妈教教他怎么说话。

邮局对面那家饸饹面，如今已经做成老店了，老板和老板娘越来越有夫妻相，都是白白胖胖的，连眉眼都长得很一样了。其实他们家是2000年后开的，那时还是大碗3元，小碗2.5元的时代，开始只有他们夫妻二人，后来生意好了，才从老家带了厨师和服务员，这一干就是二十多年。

老板娘站在柜台里，每次我去，不等我开口，她总会朝后厨喊，"一小碗，多放辣椒，不放葱花味精"，然后招呼我坐下，给我倒茶。

哪怕我很久没去，她依然记得我这个习惯，让我有一种被人重视的感觉，于是就去的次数多了些。

老板不爱说话，板着个脸，一副没好气的样子。老板有一辆大摩托车，负责饭店的采买，也在后厨干活，说话时候仰着脸，看着很自负。我很纳闷，夫妻两人，做人的差距怎么就这么大呢？

今年春天的时候，我又去吃了一次。我是5点多去的，还没怎么上人，柜台里坐了个年轻人，也是白白胖胖的，不用猜，这是这家店的少东家。少东家和一个女的在说话，那女的似乎是他对象，长得还算齐整，二人眉飞色舞，嘀嘀咕咕的，看样子他们很幸福。

我依旧点了一小碗，如今已经涨到12元一碗了。面还是老样子，原来的味道，热腾腾的面上飞薄两片羊肉，这刀工依然很好。

前天，朋友从郏县给我寄来了方便饸饹面。我拆开煮了一包，按照说明放入佐料、辣椒，居然和街上卖的味道差不多。疫情当前，禁足在家，能吃到如此正宗的饸饹面，实在是非常感激。我吃了一碗饸饹面，于是就想起了这些关于饸饹面的事情，信手记下，以报朋友的赠面之情。

同　吃

　　小时候家里穷，没有什么零食可吃。有时在家里半晌饿了，就拿块馒头啃，馒头是玉米面做的，虽然是一半玉米面、一半白面，但还是粗劣不堪，尤其是放凉之后，硬度增加，更是难以下咽。

　　于是，不到特别饿的时候，一般是不去吃的。

　　家里有生花生，也会抓一把剥了吃。一次偶然的机会，我发现生花生米和玉米面馒头一同咀嚼，会有一种奇异的味道，花生米的味道改变了玉米面的味道，口感也变得细腻起来，玉米面馒头就变得不那么难吃了。

　　我自以为发现了新大陆，每次吃玉米面馒头的时候，都要配生花生米吃。生花生不宜多吃，吃多了肚胀，还容易在体内产生气体，自幼我的胃口就不是太好，所以也不敢多吃。

　　家里的花生是自己种的，每年收不了太多，也就百十来斤。大人们不舍得吃，留着价格合适时卖钱，所以就一直放着，这就让我有机可乘，有一个时期，我总是在口袋里放一小把花生带到学校，课间休息时吃。

那时的课间休息，几乎是孩子们炫富的好时候。一群孩子挤在西墙下晒太阳，纷纷从自己的口袋里拿出零食炫耀，然后给大家分了吃。大家都没有钱，大部分是从家里带的红薯、干饼、黄豆什么的，偶尔有人拿出一块奶糖，大家都是一片惊呼，毕竟奶糖太少见了，绝对属于高档的食品。

有一天大家在晒太阳的时候，我依旧拿出了生花生，给几个相好的同学分了几颗，然后就自顾自地剥壳开始吃了。我的一个同学，叫冬冬的，他那天带了一把黄豆，是放盐煮熟的黄豆，给了我几颗。他说，这是他们家早上的菜，没有吃完，他就装口袋里带来了。

我一边吃着我的花生米，一边将冬冬给我的黄豆放在嘴里咀嚼，突然，我口腔里充斥着一种奇异的味道，这种味道是一种香味，是以前没有感受过的香味，我马上意识到，这是花生米和黄豆起了反应，就像我以前花生米配玉米面馒头嚼出的反应。我仔细咀嚼了一会，慢慢品味着咽了下去。然后又把花生米和黄豆一起咀嚼，这种奇异的味道又出现了，我吃得格外开心，并将这个秘密告诉了冬冬，他也试了试，却说没吃出什么味道。

那天放学回家，我缠着祖母给我煮黄豆，祖母虽然不大情愿，但最终还是满足了我的要求。她将黄豆泡了一晚上，第二天早上就煮了一碗黄豆。祖父很惋惜，埋怨说这么大一碗黄豆，换豆腐也换二斤了，没是没非的煮什么黄豆吃。

我不理会祖父的埋怨，只是悄悄剥了花生米同吃，感受那种奇异的味道。吃了一会儿，我确定这就是一种神奇的反应，花生米和黄豆同吃，会产生一种奇异的味道，这种味道很不错，虽然我说不出是什么味道，但我坚信这是一种美味。

成年以后，读到金圣叹临死前示儿的信："字付大儿看，盐菜与黄豆同吃，大有胡桃滋味，此法一传，我无遗憾矣。"我忽然就想起我儿时的经历，不禁莞尔，也算是和金圣叹的想法大致相似了。汪曾祺在《随遇而安》里写道，金圣叹说"花生米与豆腐干同嚼，有火腿滋味"，当是汪老又引申了。

其实，中国从来不缺这种民间小窍门、小智慧。我记得上学时，在路边买了一本油印的小册子，上面都是这种民间的小窍门，当时看得津津有味，自觉这五毛钱花得值了，学到的都是知识和精华。并且遇到什么事，都喜欢翻翻看看小册子上是怎么说的，唬得那些没见识的大人也是一愣一愣的。

往事如烟，那些小知识、小窍门，我早就忘得一干二净了，如今即使再让我看，我多半也是不会相信那些粗浅的玩意的。

臭杂肝

初冬的时节，只要没有风，没有降温天气，总感觉还是能过得去的。虽然住的是老房子，没有供暖，但朝阳的南屋里总是阳光灿烂，暖洋洋的，坐久了不免有些睡意，稀里糊涂地就打起盹儿来。

忽然接到朋友的电话，约我一起去转转，让我别老在家待着。我说，别人都说我不好约，你怎敢约我呢？朋友在电话里扑哧一笑，说："那要看谁约，别人是不了解你，胡乱猜测罢了。别废话，赶紧下楼出来。"

这就是朋友，总提出看似无理的要求，还不能拒绝，我穿了外套，洗了把脸就下楼了。

坐在朋友的车上，朋友告诉我他要去洛阳办点儿事，路上没人做伴，知道我是著名的闲人，就约了我一路聊天，路上作个伴。于是，我们一路西行，朝神都进发。

路上聊的都是一些家长里短鸡毛蒜皮的小事，说说今年的疫情，说说"7·20"的洪水，说说哪些生意干不下去了，有一句没一句地说着，道路两旁的树木和建筑向后倒去，也就是几十分钟的时间，我们就赶到了洛阳。

　　小时候听祖父说，他那时去洛阳，完全靠步行，朝发夕至，次日才会赶到洛阳，一天大概得走十四五个小时，那时还要翻山越岭，甚是不便，如今几十分钟赶到，简直是天翻地覆的变化。

　　和朋友一起进了一个写字楼，这里的人戴口罩的不多，也没有让扫码，我们长驱直入，畅通无阻。朋友在办事，我就在手机上搜本地美食。想起洛阳刘聚森兄说过，洛阳老城有臭杂肝，臭烘烘的，一般人不敢吃，但某老书法家好这口，口味极重，隔三岔五就要去吃上一碗，还老怂恿年轻书家去吃。我问聚森什么味道，聚森用纯正的豫西话告诉我："通臭嘞，啥时候你亲自尝尝就知道了。"

　　想到这里，我就在百度地图里输入"臭杂肝"搜索，果然搜到了两家，相距不远，应该味道大差不差。正在这时，洛阳的一个网友"大太阳"在群里发字求点评，我说了两句，然后私信对她说我在洛阳，中午要吃臭杂肝。大太阳居然说要来见我，请我吃臭杂肝。她说我找的地方她知道，她也吃过那家的臭杂肝，是正宗的。

　　我说她不用来，我们自己吃了就是。大太阳却执意要来，说大老远地来了，一定要见个面。说了几次，最终也说不过她，洛阳人的固执与热情由此可见一斑。

　　这边朋友办完了事，我们便按照导航指示，慕名去吃臭杂肝。穿过高楼林立的城市大道，拐了两道弯，我们便来到了洛阳的老城区。如果不是导航的指示，我们肯定找不到这个地方。这里没有什么高楼大厦，多是一层、两层的旧房子，街道很窄，路上没有什么人，感觉和城镇差不多。

　　就在这条街口不远处，路东有一家臭杂肝店，门开着，看样子正在营业。我们停好了车，观望一番，忽然听见有人叫薛老师，回头一看，从一辆丰田越野车上下来一个女的，戴了一顶白色太阳帽，穿着黑色大衣，此人应是大太阳无疑。

　　简单寒暄几句，我们便进了店。店里陈设很简陋，人坐了不足一半，都埋头吃得正香，空气中弥漫着一种浓郁的臭味，是那种内脏的臭味，很"上头"。递饭窗口摆了张桌子，桌子后面坐了人，看样子是本店老板。老板个子不大，剃了个大光头，脸上很木讷，几乎看不出任何表情，我不禁疑心此人的智商。

　　我还没有上前问价，大太阳以当仁不让之势将我挤在了一边，抢着扫码买单，要了两碗15元的杂肝汤。那老板依然面沉似水，仿佛已经将这个世界看穿了，摆出一副死猪不怕开水烫的嘴脸。

　　虽然我看不出老板的智商，但端饭的女服务员智商肯定有问题。那女子个子很矮，头发不知道多久没洗了，毛茸茸的，胡乱长在头上，穿了一件玫红色的棉袄，外罩一件非常脏的大褂，端了一个托盘送饭，那手红肿着，分外显眼。我和朋友交换了眼色，但也没说什么。

我们的汤递出来了，热气腾腾的，臭味更大了，我建议朋友坐出去吃，这味道太冲，实在受不了。于是，我们坐在初冬洛阳的街头，喝着一碗臭烘烘的杂肝汤。

这汤闻着臭，但入口却没什么感觉。汤里有牛肝、牛肚条、牛肠等物，15元一碗，里面的内容却十分丰富。将辣椒吹开，喝了一口汤，没有想象中那么厉害，抛开臭味不说，就是一碗杂碎汤。

第一口下肚，接下来就不是什么问题了，肚条、牛肠火候掌握得恰到好处，能嚼烂还有嚼头，配上一个烧饼，就是洛阳人幸福的一顿饭了。

洛阳人喜喝汤，什么牛肉汤、驴肉汤、豆腐汤、丸子汤、不翻汤，五花八门，丰俭由人，可以说从早上到晚上，都有人喝汤。至于这臭杂肝汤，是众多汤中的黑暗料理，也算一枝奇葩了。

中国之大，无奇不有，口味众多，有专门嗜臭的，如臭豆腐、臭苋菜、臭鳜鱼、螺蛳粉、面肺子，到处都有以臭为美的美食，这洛阳臭杂肝也算得上名吃了吧。

所谓敢与不敢，多半是心理障碍，人往往战胜不了自己，自己才是最大的敌人。

干　饼

　　嵩阳人多吃面食，日常生活中，无非就是面条、蒸馍、烙饼之类的，不断调剂着单调的生活。嵩阳人烙饼，大致分两种，一种是厚的，里面裹了油和盐，这种叫油馍；还有一种是薄的，薄薄的一张饼，吃的时候要卷了菜吃，这种叫烙馍；两张烙馍中间加了菜烙，这种就是别具风味的菜馍，菜馍是需蘸了蒜汁吃的。

　　家常烙饼之类的，除了这些，还有一种干饼。干饼在嵩阳话里，"饼"字读四声，单听这个词，很像是说"干病"。干饼是在烙馍的基础上发展出来的，以酥脆焦香著称，大有休闲小食品的感觉。在以前那个物质不丰富的年代，家里有小孩才会烙干饼，干饼往往是给家里的小宝贝准备的零食。

　　干饼的做法和烙馍大致相似，是在烙馍的基础上，继续烘烤加工，直至饼中的水分全部烤干，饼变得焦黄，表面凹凸不平才算大功告成。

幼时，我是家里的长子长孙，便经常能享受到干饼的待遇。有时祖母心情好了，会在烙饼之余，专门为我烤制两张焦脆的干饼。祖母在面剂子里加点盐和芝麻，这样烤出的干饼更香，更有味道。每当我扬扬得意地拿着干饼在小伙伴中大嚼的时候，总会引来羡慕的目光，当然，也有人伸出小手让我匀给他点尝尝。

但这种专门给我烙干饼的时候不多，有些时候我会主动要求祖母给我烤制干饼。祖母也省事，就拿烙好的烙馍去烤，味道虽然差不多，却没有芝麻和咸味，我边吃还要边抱怨，说这次的干饼没以前的好吃，没一点儿味道。祖母就冲一点盐水，将盐水刷在烙馍上烤制，这样烤出来的干饼就好吃多了。

有时，我会把干饼装在书包里，带到学校去吃。彼时的我只有几岁，上小学二年级，在学校吃干饼，倒不是为充饥，更多的是"凡尔赛"，是一种炫耀而已。小学二年级的小孩竟然就有这种心理，看来爱慕虚荣的毛病是大部分人都有的。

我们的小学在城北部队附近，和部队的驻地仅仅隔一条马路。我至今还记得那部队的番号——33748部队，虽然已经过去几十年了，部队早就换了番号，我脑子里还是清清楚楚地记得。科学家说，人类童年形成的记忆，可以保持一辈子，此言不虚。

可能是因为和部队驻地近的关系，部队里许多军人的子弟也都就近在我们小学上学。这些同学操一口"蛮里疙瘩"的外地话，虽然和我做同学只有一两年的时间，后来他们都随着父亲的转业回老家了，但我却记得他们的模样和名字。

我在课间休息的时候吃干饼，当然吸引了许多小朋友围观。其中有一个部队子弟叫颜旭东，家是南方的，以吃米饭为主，肯定是没吃过这样稀罕的吃食，于是就伸出手向我讨要。我给他掰了一块，他吃得津津有味，直夸这东西好吃，并问这叫什么。

　　我告诉他这叫干饼，是我祖母专门给我烤制的，言语中不乏得意之情。颜旭东想了想说："我拿葡萄糖和你换，你明天再带些给我吃行吗？"当时，33748部队有个制药厂，好像生产的是鱼腥草口服液、葡萄糖水等药品，颜旭东的妈妈是随军家属，就在药厂里上班，这葡萄糖应该是他妈妈给他的。至于颜旭东的妈妈是怎么拿回家的，那就不得而知了。

　　在那个时代，一切都是计划经济，一切东西都是按计划供应，糖对我们来说就是奢侈品。很多时候，糖还会断货，市场上经常出现半年不见卖糖的现象。有一年，我家对面的老肖从上海回来，给大家捎了白糖。街坊们从老肖手里买了糖，都夸老肖有本事，是个好人。

　　如今，颜旭东主动用葡萄糖来换我的干饼，我岂有不换之理。于是，我们俩"拉钩上吊"，就定下了此事。当天放学回家，我就缠着祖母让她给我烤干饼，祖母果然在第二天早上专门给我烤了一张干饼，当着祖母的面，我装模作样地咬了两口，然后就放在书包里了。

　　到了学校，还没等我去找颜旭东，他就主动来找我了。他手里拿着两支葡萄糖液，我从书包里掏出了干饼，两人谁也没说话，就完成了这次交易。颜旭东迫不及待地咬着干饼，我则是敲开了葡萄糖液，一仰脖，一饮而尽。嗯！那滋味，真甜，是我今生喝过最甜的水。甜味在我嘴里保持了很久，放学的时候，我咂摸咂摸，嘴里似乎还有一丝甜味。

如此的交易，我和颜旭东进行了几次，反正是"货换货，两值过"，二人也由此发展成了好朋友。这一晃几十年都过去了，颜旭东早就随着父亲转业回了老家，不知他还记不记得这些童年的趣事呢？

前年的时候，大禹路有小两口专门烤干饼，好多人闻讯去买。烤好的干饼用袋子装了，一袋是十个，看上去也很像回事。我们家里也买了些尝尝，我拆开了袋子，见干饼上撒了黑芝麻，看样子蛮正宗的。我掰了一块，咬了一口，却怎么也吃不出童年的味道了。

羊蝎子

2004 年十月长假，我正在山里度假，10 月 3 日那天一大早，忽然接到单位领导的电话，让我火速回单位报到。那时还年轻，还指望领导能够提拔我，接到这个电话，什么也没说，赶紧匆匆忙忙赶班车回到了市里，直奔单位领导办公室。

领导说马上就是武术节了，但城市宣传片至今还没有制作出来，现在需要我直接去北京，协助北京的影视制作公司剪辑宣传片。因为这个宣传片的脚本是我写的，封面是我求仓叟先生题的，原来想着交稿就没事了，但中间发生了变故，10 号武术节就要开幕了，但宣传片还没有头绪，所以领导急了，顾不得什么假期，立马就要我去北京"救火"，并且没有商量的余地。

这个故事展开说的话，很复杂很曲折，今天我还不想去说，随后有机会再和大家聊，里面肯定有料、有看头，但今天不是要说这个的。闲言少叙，当晚，我们坐 K180 次列车进了北京，用了 72 小时的时间，把两个宣传片赶出来了。72 小时，拆开就是三个白天、两个黑夜，我们居然没有睡觉，一直就在那家影视公司的制作室里。说是制作室，其实就是东三环的一套民居，一群影视人在里面干活，我们就在那里指导他们干活。

他们干不好的地方，我们自己带的编辑人员和音乐编导就下手去做，经过 72 小时的奋战，终于在 10 月 8 日将两个片子剪了出来，并且顺利通过。

72 小时几乎没合眼，这恐怕是我此生仅有的一次遭遇。也是仗着那时候年轻，能熬夜、敢熬夜，如果是现在，说什么我都不会这么拼了。也许，我的高血压就是那个时候落下的病根，当年我就诊的时候，医生语重心长地说，这个病与熬夜、紧张、压力大有很大关系。年轻时不注意，老了会出现问题的，这个是颠扑不破的真理。在此也奉劝年轻的朋友们，一定不要那么拼，身体健康才是第一位的。

那时北京三环的房价才五千多，现在想想很便宜，可那时五千多我也拿不出，那时我的月薪不过一千多元，要在北京买房还远远不够。北京那些搞影视的朋友劝我，如果可以的话，买一套小点的，也就二三十万元。人家说得轻松，咱只是笑笑，也不敢问，也不敢多说，谁让咱是穷人呢。

完工后，大家拖着疲惫的身躯，走在北京的街道上。我注意到一个奇怪的现象，北京的上空灰蒙蒙的，灰色上空和下面明净的空气有一条明显的分界线，这在我们那里是没见过的。我想了一下，这就是电视里经常说的雾霾，原来雾霾这么严重，真令我这个小地方的人开眼界了。我指了指雾霾让大家看，大家也没见过，也是很惊讶。我说这么脏的地方，人们却挤破了脑袋想来，真是奇了怪了。

我们连续几天都是吃的盒饭，无非是一荤一素一米一汤，一日三餐都是这样度过的，嘴里已经淡出鸟来。我提议大家找个地方吃一顿，大家都举手同意了。那时的东三环，也不是什么繁华的所在，路边有许多卖吃食的。我看有家门头的招牌是"老北京羊蝎子"，我没吃过，想必大家也没吃过，于是提议去吃羊蝎子。

其中一个朋友说，里面是不是放了蝎子，我可不敢吃啊。另一个朋友说，蝎子价格很贵，估计是写错字了，是不是羯子呢？我说，管他那么多干什么，进去了再说。

进得店来，我们三人点了一个小份，大概是几十元钱，价格倒也不贵。我又叫了几个凉菜，叫了几瓶啤酒，然后就在等羊蝎子。服务员上菜的时候，还拿来了几根吸管，什么也没说就走了。

我们三人面面相觑，不知道这吸管是什么意思。我说给吸管是让喝啤酒的吧？是不是这样喝啤酒口感更好，更文明一些？我边说边把吸管插进了啤酒杯，他们二人也跟着把吸管插进了啤酒杯，我们就插着吸管喝起了啤酒。

过了一会儿，服务员端着滚烫的羊蝎子上来了，她把锅子放好后，看到我们用吸管喝啤酒，立刻"哈哈哈"笑了起来。我面色一沉说，你这服务员好生无理，端的笑个什么名堂？

那服务员捂着嘴说："太逗了，太逗了，那吸管是吸骨髓的，当然你们喝啤酒也行，笑死我了……"我挥了挥手说，下去吧，有什么事再叫你就是。等那服务员下去，我们三个人都笑了，做梦也没想到，在北京出了个这样的洋相，嘿嘿，人家笑咱是土包子呢。

也许是几日盒饭垫底的缘故，我们觉得这羊蝎子做得很地道，酱香扑鼻，肉也很烂，手拿着骨头啃肉，有一种特别好吃的感觉。三个人吃得风卷残云，一会儿就将羊蝎子吃完了，临了不忘用吸管吸骨髓，嗯，那骨髓的味道也香，醇香的味道，完全称得上美味了。

酒足饭饱，大家都觉得吃得非常过瘾，认为这是北京之行吃得最可口的一次。一晃17年过去了，后来又吃过许多次羊蝎子，但无论怎么吃，都觉得比不过那次吃的那么可口。

红烧狮子头

　　20世纪80年代初期，正是一个百废待兴的时代，有些人已经开始在城里买地、盖房了。嵩阳城的人们也怪，多少有几个钱，不去考虑怎么把钱进一步变多，而是先考虑盖房修屋，于是，一个盖房潮悄然在登封兴起。

　　那时还没有什么商品房的概念，人们需要房子都是自建，地皮是从嵩阳城四个村组里买来的宅基地，一块宅基地从几百元到几千元，一直到最近的几十万，价格的变化，也证明了时代的进步。

　　买宅基地的人和村组签订合约后，还要请全村组的各家各户吃个饭，意思是和本村组的人照会一下，以后就是邻居了，还请大家多多关照。每家每户都可以派个代表去吃席，这个代表一般称为"劳力"，就是家里能主事的。

　　买我们村组宅基地的人不少，一般请客吃饭都是在一旅社的食堂，由此我也跟着大人混吃混喝，在吃了许多美味佳肴之后，还认识了里面的那位来自上海的烧菜师傅。上海的师傅姓朱，他自己说家是虹桥的，自幼就学厨，学得一手好烧菜本事。"上山下乡"的时候来到河南，在嵩阳城一晃也二十多年了，据说起先是在省里做饭，后来犯了错误被发配到嵩阳城了。

这位朱师傅，烧的菜浓油赤酱，味道非常浓郁，我至今还记得他烧的蹄髈、糯米丸子、烤麸等，其中记忆最深的就是红烧狮子头了。虽然许多年过去了，我却依然记得当年第一次吃红烧狮子头时的感受。狮子头就是大肉丸，用蓝花纹的碗盛了，浇了高汤，撒了香葱，入口即化，满口肉香。我从没有吃过如此美妙的食品，一边吃一边想，将来有钱了，一定天天吃这个红烧狮子头。那个朱师傅还出来和大家敬酒，其实也就是想炫耀自己的手艺，想听到大家的表扬。我记得那个精瘦的上海人，满嘴"蛮里疙瘩"的普通话，手上夹着香烟，耳朵上还别着一支香烟，满面堆笑，挨桌向大家询问菜味怎么样。那一刻，我忽然对这个上海人充满了敬意，以至多少年后还能想起他的音容笑貌。

后来，我就经常去那旅社的后院玩，并且遇到了那个朱师傅。从刚开始怯怯地交谈，到后来听他讲上海滩十里洋场的故事，听他讲和嵩阳城几个大哥的关系，听他讲上海滩的楼上楼下、电灯电话。朱师傅那时抽的是大前门香烟，手里端着个宜兴的小紫砂壶，抽口烟、喝口茶，看上去十分惬意。朱师傅有个爱好和我一样，就是喜欢看小人书，于是我就从家里带小人书给他看，一本小人书，他一般看两三天，然后还给我，还会和我讨论一下里面的情节。

作为报酬，他会从厨房拿些东西让我吃，甚至有一次给我拿了个鸡腿，朱师傅很诚恳地说，是上一桌客人吃剩下的，不过不脏，别人想吃还吃不到呢。毕竟我当时只有十岁，也就不计较那么多，拿着鸡腿一个劲地啃。

朱师傅每年都要回上海一次，前后大概半个月的时间。他回来后，总是显得很兴奋，向我描述上海的新变化，吹嘘上海如何好，我就很奇怪，既然上海那么好，你为什么还要回嵩阳城呢？朱师傅本来正在兴头上，听我这样讲，脸上就挂不住了，说："侬懂得什么？我要能回去，还用你讲啊，总有一天，阿拉肯定还是会回去的。"

后来，不知什么时候，朱师傅真的一去就没再回来。我又去旅行社找他玩，没遇到人，就问他的同事，老朱什么时候回来？他同事说，老朱已经退休了，回老家养老，不会再来了。

那个同事是我家的街坊，姓刘，鼻子长得特别的大，也特别的红，人称刘大鼻子。刘大鼻子向我招手说：来来来，我问问你，你一个小孩和老朱天天说那么多的话，到底有什么可说的？我回答说，也没说什么，就是瞎喷着玩呢。刘大鼻子笑了，说老朱连字都不识，能给你说出个什么所以然，真是瞎扯淡！

老朱居然不识字，这是我从来没有想到的。

一晃好多年过去了，前段时间去了趟南京，三餐连着吃了三次红烧狮子头，忽然我就想起当年吃狮子头的事情，也就想起做狮子头的朱师傅了，这么多年过去了，恐怕早就没有这个人了吧？

四大鲜

我在以前的文章里说过，我的祖父是一个厨师，是一个在我们当地有些名气的厨师，是终生以烹饪为业的人。

小的时候，我经常跟随祖父去玩，祖父有退休工资，每晚都可以去剧院看戏或者是看电影，我虽然看不懂，但在那个精神生活极其贫乏的年代，是非常愿意跟着祖父去剧院里坐着看戏的。

有些时候，祖父会和我讨论剧情，对剧中人物逐一臧否，我似懂非懂，有时也会讲几句自己的见解。多少年后，我参加电视节目，点评戏剧节目时侃侃而谈，我想这与儿时和祖父一起看戏，一起谈论剧情是分不开的。

祖父那时已经年近古稀，我却只有七八岁，但年龄的差距影响不了我们之间的交流。由于祖父干了一辈子厨师，他的话题多与烹饪、吃饭有关，他有些时候会讲一些美食的做法，并向我许诺，有机会了一定做给我尝尝。

祖父不止一次地向我讲起筹备父亲婚宴的事，因为那是20世纪70年代初期，物资比较匮乏，小城里都买不到猪肉。但父亲的婚期已经定下，婚宴没有肉是万万不能的，正在一筹莫展之际，别人向祖父说不如去卢店看看。卢店在嵩阳城的东边，现在叫卢店街道，彼时是一个乡镇，没有什么交通工具，祖父步行去了卢店赶集，为父亲筹备婚宴。卢店的集市上，同样也没有猪肉，但是所幸祖父买到了四个猪头，用猪头上拆下的肉，完成了父亲的婚宴。

　　虽然事情已经过去了好多年，但祖父一直引以为荣，多次向我讲述这个事情，言语中有暗暗得意之处。后来我想了想，祖父可能是在得意自己在当时的情况下，当机立断买了四个猪头应急，不至于酒席上没有肉；然后就是用四个猪头做出了几十桌酒席，充分体现了他厨艺的高超。我想祖父不厌其烦地讲述这个故事，大概就是这个意思吧。

　　祖父还为我讲了嵩阳城的名吃以及名人轶事。给我讲过一个叫申发的人，早年在嵩阳城卖凉粉，绿豆凉粉，口感非常好，入口即化，一出摊就卖完了，祖父认为这个是嵩阳城的名吃。

　　后来，我也见到了所谓的申发，是一个瘦小的老头，形容枯槁，行将就木，邋里邋遢的样子，怎么也难和入口即化的绿豆凉粉联系到一起，甚至可以用大倒胃口来形容了。

　　祖父还讲过王林演唱旦角，在舞台上被人用铜锤砸了头，下面笑声一片；讲过豫剧名角"二十分儿"和她的戏。这两个人我都见过，王林家就在衙门口住，我见到的时候，他已经是七八十岁的老人了，满面愁容，怎么也和旦角联系不起来；"二十分儿"是个胖胖的老妇人，早就不登台演戏了，"二十分儿"是她的艺名，是她当年考试时候的得分，满分是十分，主考的说这个人可以得二十分，于是这个艺人就得了个艺名叫"二十分儿"。

祖父说这世上最好吃的东西，无非是天上飞禽，鹁鸽鹌鹑；地上走兽，猪羊牛肉。然后给我逐个讲是如何的好吃，有怎样的做法。祖父本来在外人面前是口吃，是结巴，但给我讲起来，口若悬河、滔滔不绝，我也听得津津有味，最后往往会跟着祖父去街上吃碗羊肉汤，或者是吃盘水煎包。

祖父还给我讲过四大鲜：海参、鱿鱼、猴头、燕窝。祖父应该是吃过、做过这些东西的，他给我讲这些东西如何好吃，具体是什么做法。我努力地想，使劲地想，也没有想出个所以然来。

我从祖父这里学到这些知识后，会在班级里卖弄，把小伙伴们唬得一愣一愣，他们没有听过这些美食，更不用说吃过了。于是，我就像吃过一样，站在人群的制高点，得意地笑了起来。

那时，父亲是个知识青年，正在钻研食用菌的栽培技术，经常往家里带一些他栽种的食用菌，除了平菇、香菇之外，有一天居然带回来了猴头菌，那东西约有拳头大小，浅棕色、毛茸茸的，真有点儿像猴的脑袋。父亲把猴头菌交给祖父烧制，祖父烧制了猴头菌，告诉我这就是猴头，我吃了后觉得苦苦的，没什么好吃的，但我庆幸终于吃到了"猴头"。

后来生活越来越好了，我在饭店里吃到了鱿鱼，又吃到了海参。成年后，又过了些年，我陆陆续续地将这四样全部吃过，忽然就想起了祖父当年给我说的这些话。可惜祖父已经去世多年，再不能与祖父一起分享美食心得，也是此生的一件憾事了。

热干面

20世纪80年代的时候，我父亲是某公司的采购员，经常到外地出差，在他们那一代人中，算是见过世面的。父亲每次出差回来，总会为乡亲们带一些紧俏物资，所以那时候家里总挤满了人。父亲虽不善言辞，但讲起来所见所闻，头头是道，街坊邻居都听得津津有味。

有一次父亲从武汉回来，说起了在武汉吃的一种面条，说那面条硬硬的，本身就是熟的，有人吃了就将面放在一种类似筷笼的工具里，在滚锅里焯一下，最后拌上芝麻酱吃。父亲说的别的我没记住，但这个面条的事我却记得非常清楚。

父亲说，在武汉街头吃早餐，都是吃的这种面条，和我们大不一样。我们这里早上都是喝稀粥，只有中午这顿才吃面条，面条是作为正餐吃的。我问父亲，那面条好吃吗？

父亲说，面条应该是放了碱，里面有芝麻酱、豆角，经济实惠，挺好吃。我只记住了"用筷笼焯一下捞出，有芝麻酱"的面条，但这面条叫什么我没记住，或者父亲根本就没有说。

16岁那年冬天，我跟随一个老兄去了趟郑州，当时郑州比较繁华的是老坟岗集贸市场，我们溜溜达达就去了那里。老坟岗集贸市场里面有个八一八电影院，好像成天只放一部电影——《欢欢笑笑》，我们那次就溜达到了这个电影院。电影院的门脸很小，门口竖着一块牌子，上面粘贴的果然是《欢欢笑笑》的海报，我们站在那里张望了一会儿，最终也没有进去看场电影。

但就在电影院的东边一点，有个摊位，是卖吃食的。有一个小伙子扯开了嗓门对着过往的人群吆喝："正宗武汉热干面，好吃不贵啊！"老兄和我对视了一下，眼看马上就是吃饭的时候，我们决定尝尝这热干面。

问了价钱，我们就找了个桌子坐下。在等面的过程中，我看到了热干面的制作方法，发现厨师正抓了面放在一个像筷笼的家伙里，然后放进热水里煮，我一下想起来了，这就是父亲曾给我说过的那种面条。顿时，我就产生了一种莫名其妙的好感。

那是我第一次吃热干面，虽然味道已经记不起来了，但肯定是吃得非常开心、愉快，最重要的是，解决了我心中一直悬而未决的谜，知道了这种面的名字，还吃到了它，满足了我的好奇心。

那时登封还没有卖热干面的，要吃就必须去郑州，所以后来每次去郑州，只要有机会，我总会吃上一碗热干面，喝上一碗碱味的面条汤。也就是从那个时候起，我就喜欢上了热干面。

虽然喜欢热干面，但一直都是在河南吃的，正宗的武汉热干面是什么味道，我还真没吃过，我所吃到的，不过是经过改良的热干面而已。一直到了2004年，我和朋友一起去了趟武汉，在武汉逗留了几天，才真正吃到了正宗的武汉热干面。

刚开始到武汉，我们在吉庆街吃小吃、吃炒菜，并没有想起吃热干面。还是有天我们乘公交车，在公交车上见有人边吃热干面边挤公交车，不禁叹为观止，这才想起要吃一顿正宗的热干面。我们去的是"蔡林记"，店里的人很多，大部分是慕名而来的外地游客，我们点了热干面和米酒。等面端了上来，我满怀激动地吃了起来，但和想象中的不大一样，没有想象中那么好吃，可能是口味有所不同吧。

河南的热干面，里面要放豆芽、榨菜，武汉的热干面里面是酸豆角、萝卜，配菜都不一样。我曾在许昌吃过某花的热干面，里面甚至加了汤，还放了菠菜、香菜，但人家愣是保持了几十年不倒。20世纪90年代初期，我去信阳吃热干面，居然吃到了用豆瓣酱拌的热干面，齁咸齁咸，味道实在不敢恭维，但其他的食客吃得津津有味。一方水土养一方人，一种口味适合一种地方，这正是中华饮食文化博大精深之处。

如今，社会发展得飞快，各种餐饮店层出不穷，以前吃热干面感觉是在改善生活，现在吃热干面还要考虑到热量、营养等健康问题，好多时候都是肥胖这个原因让我对面食止了步。

前一段时间，有人统计出一个数据，数据显示：河南从事热干面相关业务的个体工商户占全国总量的 76%，全国范围内共有 2.1 万家从事热干面相关业务的个体工商户，湖北省共有 3027 家，占全国总量的 14%。而河南省却有 1.6 万家，占全国总量的 76%。从城市分布来看，从事热干面相关业务的个体工商户中，在湖北省内，武汉市数量最多，达 1741 家。而在河南省中，郑州市有 4717 家，这个数量高于湖北全省。

看来，河南人民是真的喜欢热干面，一个郑州市的热干面就比湖北省还多，真让人称奇了。

那些难忘的闭户日子里，我整天在家研究吃的，有几天专门在家做热干面，基本达到了能上街售卖的标准。如果问我有什么经验的话，我只能说，做吃的是良心事，用好料，用好食材，舍得用料，做出来的东西大致不会差到哪去。

焖　面

　　我上初二那年，同桌是一个叫吴建中的男孩子。他老家是登封大冶的，父亲在城里上班，他随着转了过来上学。他父亲好像是在县交通局上班，和他都是在交通局的食堂吃饭，所以吴建中同学很喜欢吹嘘交通局食堂的饭如何好吃，听得我向往不已，馋虫都被勾出来了。

　　这位吴同学最大的爱好就是谈吃，每次谈吃都是眉飞色舞，把普通饭菜描绘得如同美味佳肴一般，让我这每天在家吃饭的穷学生好生羡慕。有一次，吴建中又吹交通局门口的一家小锅卤面，说是如何如何好吃，他能吃一大盘，外带喝一大碗鸡蛋汤。

　　他说的这小锅卤面，我是没有吃过的，但凭吴建中的描述，我能想象出那种美味。我是这样想的，我们家里的卤面就已经非常好吃了，吴建中说小锅卤面油大、肉多、面条筋道，那肯定是人间美味了。当下，我下了决心，有机会一定要去尝尝。

那年我已经14岁了，是一个半大小子了。有一次趁着星期天，我帮祖父干了些家务，买了些面，把院子里的垃圾拉出去倒了，祖父很高兴，居然奖给了我5元钱。彼时，人们的月薪不过几十元，5元钱在我心里是一个大数目了。

拿到了钱，我难以抑制自己内心的喜悦，想也没想就朝着县交通局的方向走去。我家在城东街，交通局在嵩阳路，现在开车也就是两分钟的事，可那时我觉得很远。有了5元的巨资撑腰，我几乎是一路小跑来到了县交通局门口。

我巡视了一番，果然，在交通局对面路东的地方，我见到了两间矮小的瓦房，瓦房并不是朝着大街，而是缩在院子里，只在门口挂了个白色的木牌，上面用红色的油漆写着"交通饭庄"四个大字。我确定我同桌说的就是这里，于是就抬脚走了进去。

当时是冬天，约莫是下午4点多，饭店里除了一个厨师在打瞌睡，就没有别人了。饭店里面只有两间，进门就是一个锅台，上面坐着一个大铁锅，里面好像在炖着什么东西，旁边是案板和厨具，厨师人坐在里面睡得很香，嘴里还打着呼噜。里面的一间屋子里，摆了三张桌子，墙壁熏得很黑，这就是所谓的"交通饭庄"了。

吴建中成天吹的交通饭庄原来只是这个样子，和我想象的富丽堂皇、干净整洁根本不搭界，我心里有些失落，但还是叫醒了厨师，说明了来意。我说我想吃小锅卤面和鸡蛋汤，不知道能不能做。厨师马上来了精神，让我先坐下，他马上做给我吃。

那时，饭店还是烧的散煤，厨师捅开了火眼，迅速投入了战斗。看得出这是一位敬业的厨师，手脚非常麻利，炒菜、下面、焖面、转锅、颠锅，无不体现出他的职业修养。大概等了不到十分钟，一大盘油汪汪、香喷喷的小锅卤面就端了过来。

我埋头吃面，仔细品尝这传说中小锅卤面的味道。这面果然好吃，我同学没有骗我，面条是盖在菜上焖熟的，菜、肉的汤汁都浸入了面中，本来菜里的油水就大，出锅的时候，厨师又点了些小磨香油，这面就更香了。面的配菜主要是绿豆芽，先是姜、蒜、辣椒爆香，再炒肉和豆芽，然后才铺的面条。因为一次最多只能做两份，多了容易不熟、夹生，所以才叫小锅卤面。

我在吃面的同时，厨师把鸡蛋汤端了上来。吃一口面，喝一口酸辣的鸡蛋汤，简直是绝配，我不由赞叹发明这个吃法的人，他一定是一个资深的美食家、老饕，才会搭配得如此成功。

吃完了面，我打着饱嗝去算账，连面带汤是一块二毛钱，当时的烩面不过是八毛一碗，这也算是高消费了。

周一的时候，我见到了吴建中，把吃小锅卤面的事告诉了他，说他推荐的真好吃。吴建中很高兴，和其他同学又去吹小锅卤面了，并说我可以作证，那里的小锅卤面真是好吃极了。好像从那以后，吴建中就把我当成知音看待了，有时还会带些吃食与我分享。

大概 1990 年前后，我在许昌待过一段时间，许昌也有这种面食，不过不叫小锅卤面，而叫焖面。他们也是焖面配鸡蛋汤，在当地也是一种"点击量"超高的小吃，很多饭店都有。我在那里